COLLECTION FOLIO

Benoît Duteurtre

L'été 76

Gallimard

Benoît Duteurtre est né à Sainte-Adresse, près du Havre. Il publie en 1982 son premier texte dans la revue *Minuit*, puis gagne sa vie comme musicien et journaliste. Il est l'auteur de romans *(Tout doit disparaître, Gaieté parisienne, Les malentendus, Service clientèle, La cité heureuse, Les pieds dans l'eau, Le retour du Général, L'été 76...)*, d'un recueil de nouvelles *(Drôle de temps)*, d'un livre sur les vaches et d'essais sur la musique. Son écriture claire, sans préciosité, son regard sarcastique sur le monde contemporain ont suscité parfois la polémique et le distinguent dans la nouvelle littérature française. En 2001, son roman *Le voyage en France* a reçu le prix Médicis, et *La petite fille et la cigarette*, paru en 2005, a été traduit dans une vingtaine de langues.

Prélude nerveux

Le mal agissait depuis une semaine, au moins. Lancinantes, haineuses, de médiocres pensées me pourrissaient l'esprit. Je venais en effet de rater le grand prix du Charme, décerné à « un auteur sympathique » et doté de dix mille euros. Quinze jours plus tôt, le prix Sisyphe, qui salue « un romancier obstiné » (même montant, assorti d'un trophée en porcelaine), m'avait échappé de façon incompréhensible... Je possédais pourtant toutes les qualités requises. N'étais-je pas un auteur aimable et bien élevé ? N'avais-je pas publié vingt livres sans me décourager ? Persuadé que ces lauriers devaient me couronner, j'en voulais mortellement aux membres des jurys qui m'avaient promis leur vote avant de se reporter sur d'autres candidats. Tout un pan de mon appareil social, fait de flatteries et d'amitiés fausses, venait de s'effondrer comme un château de cartes.

Pis encore : ma défaite manquait singulièrement de grandeur. Je n'avais rien du poète maudit misant sa survie sur ce pactole pour écrire un dernier sonnet. Non, mon amertume était à la mesure d'un espoir bien plus banal : ce prix non imposable m'aurait permis d'économiser quelques fifrelins ; je comptais en verser une partie sur mon compte-épargne. Il m'aurait également valu un quart de page avec photo dans Le Figaro, *ce qui aurait comblé mes vieux parents. Les détails de ce genre prennent de l'importance avec l'âge. Sauf que l'affaire si bien arrangée m'était passée sous le nez; alors je m'étais laissé gagner par une véritable rage en songeant que mes amis du jury n'étaient que des traîtres, des salauds. Et lorsque, enfin, je pensais à autre chose, une facture dans ma boîte aux lettres suffisait à réveiller le mal. Ah ! Comme je l'aurais payée avec plaisir, la note du teinturier... si j'avais empoché la somme prévue. Je recommençais sans fin mes calculs : dix mille euros — dont j'aurais dépensé tout de suite la moitié pour refaire ma cuisine, et placé le reste. Et puis, au bout du compte, rien du tout !*

En ce début d'été, mon arrivée au village n'avait pas réussi à faire retomber la fièvre. À peine avais-je succombé à l'enchantement qui me saisit toujours, ici, lorsque je retrouve la petite église au clocher de tuiles rouges, le bruissement de la rivière et cette maison qui sent bon le feu de bois ; à peine le temps d'admirer, par la fenêtre, l'arrondi de la vallée et ses versants recouverts de grands épicéas que la sourde litanie recommençait dans ma tête. Pour combattre ce venin, je m'étais mis au travail, tâchant de relire et de perfectionner le manuscrit d'un prochain livre. Mais le mal revenait par bouffées primaires (« J'aurais donné l'image d'un gagnant ! »), suivies de bouffées secondaires (« J'aurais au moins renfloué mon compte-épargne ! »), puis de bouffées tertiaires (« Pourquoi ces hypocrites me l'avaient-ils promis ? Comment pouvaient-ils me préférer quelqu'un d'autre ? Pourquoi ces faux amis se comportaient-ils comme de faux amis ? »).

C'est alors qu'un rayon de soleil a transpercé le ciel et que j'ai décidé de mettre le pied dehors. Je me suis dirigé vers le sentier qui, juste derrière chez moi, serpente parmi les bruyères et les rochers. Après avoir réglé ma respiration sur la pente rude, j'ai salué quelques jeunes vaches installées ici pour l'été, qui m'ont renvoyé leur regard interrogateur et confiant. Me sentant plus alerte, j'ai continué à grimper dans une abondante végétation de digitales et de petits sapins. Les aiguilles vert tendre de l'année, soyeuses comme des plumes, dépassaient à l'extrémité de chaque branche. Mes chaussures de montagne marquaient une foulée régulière. Une légère sueur, presque agréable, commençait à recouvrir mon visage dans l'air frais et parfumé. Soudain, redressant la tête vers les sommets surplombés de quelques nuages blancs, je me suis senti gagné par un bien-être vibrant de souvenirs. Adolescent, j'adorais contempler ainsi le ciel à travers les branches des conifères ; cette végétation dessinée dans l'azur me rappelait les éblouissements de Claude Monet qui m'avait révélé, très jeune, les chemins du paradis.

« Dix mille euros, nets d'impôts ! »

Une nouvelle bouffée d'amertume venait de m'interrompre, mais la mauvaise pensée s'échappa presque aussitôt. Tant que je grimpais, mon esprit tout entier se concentrait sur le rythme des pas et de la respiration. Arrivé en haut du sentier, j'ai ralenti pour reprendre mon souffle. Plus loin devant moi, entre les troncs résineux, j'ai aperçu une tache de lumière et j'ai avancé encore pour déboucher sur une vaste prairie d'alpage (ici, dans les Vosges, on parle de « hautes chaumes »). Heureux, je me suis enfoncé dans ces herbes qui m'arrivaient jusqu'à la taille; puis j'ai contemplé, en face de moi, sur l'autre versant, l'immense forêt de Béliure qui grimpe encore plus haut vers les sommets arrondis, abritant sous sa toison végétale le territoire de l'ombre : ses ravins, ses torrents, ses animaux sauvages.

Il faisait beau; mon être et mon corps semblaient soudain rassemblés par l'effort physique. Alors, comme je foulais ce pré fleuri où rebondissaient les sauterelles, j'ai senti grandir en moi un nouvel élan — non plus de dix mille euros, mais de jubilation; parce que je retrouvais un lieu cher où s'était cristallisée, depuis mon plus jeune âge, une certaine idée du bonheur. D'un seul coup, je me suis laissé tomber au milieu des herbes pour retrouver ces impressions d'enfance, les grandes tiges s'élevant au-dessus de mes yeux avec leurs pétales, leurs corolles, leur nuée de papillons blancs et d'insectes laborieux. Allongé sur le dos, j'ai entendu le vent léger, presque aussitôt troublé par une mouche insistante. Puis je me suis relevé en arrachant une poignée de cette petite fougère odorante, répandue sur les sommets vosgiens, qui donne aux prairies leur parfum anisé. Approchant la plante de mon nez, je l'ai respirée profondément; et, comme par enchantement, j'ai retrouvé tous ces moments rêveurs passés ici, à quinze ans, quand les hautes chaumes me rappelaient les montagnes perdues décrites par Jean Giono dans ses premiers romans : Que ma joie demeure, Le Chant du monde.

*Je n'étais qu'un gamin, mais cette littérature bucolique m'enthousiasmait, tout comme les vieilles charpentes, les étables sombres et les rigoles d'eau vive. J'étais un petit chrétien de gauche, un apprenti hippie aux cheveux trop longs ; mais j'écrivais des poèmes, je jouais de la musique, et je croyais que l'art était la chose la plus importante au monde. J'étais un ego en pleine croissance, noircissant des pages de théories naïves, mais je me voyais déjà comme un adulte, prêt à réinventer la société. Cela se passait ici même, au cours de l'été, quand je grimpais dans les prés, emportant dans un sac en bandoulière l'*Anthologie de la poésie française *offerte par mon père dans l'édition de la Pléiade. Allongé dans l'herbe à l'ombre des sapins, je lisais à voix haute quelques vers de Verlaine, si naturellement chantants. Je regardais au loin les maisons perdues et, tout là-haut, la ligne des crêtes. Alors, parfois, je ramassais l'une de ces fougères anisées que je glissais au milieu de mon anthologie où elle allait sécher et parfumer les pages.*

Verlaine, la poésie, le chant du monde : voilà donc à quoi je pensais, en ce temps-là. Et quand, certains jours, je recevais une lettre d'Hélène qui m'avait écrit du Havre, sa lecture me promettait un moment de ferveur et d'absolu. Rien d'autre ne semblait nous intéresser, alors. Elle me citait ses écrivains favoris : Rainer Maria Rilke, Roger Martin du Gard, André Breton... Nous échangions des idées générales qui nous semblaient profondes sur la vie, sur la mort, sur l'amour et l'amitié. Je ne doutais pas que je deviendrais écrivain, mais j'ignorais l'existence des prix littéraires qui m'aurait paru dérisoire, car ma vie semblait tournée vers quelque chose de plus important : les beautés de la littérature, de la musique et de la nature ; ce fameux bonheur *auquel j'entendais me vouer, corps et âme.*

Comment était-il possible que, trente ans plus tard, mon esprit se laissât dévorer par une récompense futile ? Était-ce là ce qui me guidait désormais : garnir mon compte-épargne, quinze lignes dans Le Figaro*, et la trahison d'une bande de salauds ? Était-ce la gloire et la fortune ? Non, même pas : dix mille pauvres euros. Me penchant à nouveau vers la prairie enchantée, j'attrapai une autre poignée de fougères que je portai contre mon nez pour chasser la mauvaise vision et retrouver la magie du premier jour. Dans une pensée plus raisonnable, je m'avisai soudain que le lyrisme de l'adolescence est suspect, plein d'enthousiasmes faciles, de certitudes arrogantes qui conduisent ensemble les jeunes poètes et les gardes rouges. Toute notre vie nous apprend à dépasser ce lyrisme puéril en posant la* réalité *sur l'autre plateau de la balance. De ce point de vue, mes dix mille euros et mon compte-épargne étaient presque aussi sensés que ma rêverie bucolique.*

Pourtant, chaque fois que je revenais ici, chaque fois que je respirais la fougère enchantée, je retrouvais ce moment de ma vie, entre quatorze et dix-sept ans, où s'étaient précisés mon destin, mes goûts, mes passions, et j'éprouvais une curieuse mélancolie : une mélancolie heureuse et vibrante, comme cette petite lumière toujours vive de mon passé.

Première partie

Dieu, amour, anarchie

1

Tout avait commencé dans la cour de récréation où je remarquai sa présence pour la première fois. On la distinguait facilement des autres élèves qui ressemblaient encore à des gosses à l'heure du goûter. Ils se réunissaient par groupes homogènes, les riches avec les riches, les pauvres avec les pauvres, les beaux avec les belles, les garçons laids faisant des plaisanteries lourdes avec d'autres garçons laids, et quelques erreurs de la nature abandonnées seules dans leur coin. Dédaignant cette société pubère, une jeune fille vêtue de noir, les cheveux ramassés en chignon, se signalait par son attitude nettement différente. Assise sur la marche d'une salle de cours, à l'entrée d'un bâtiment en béton des années cinquante, elle n'accordait qu'une vague attention à la meute d'enfants boutonneux qui l'entourait. Malgré sa petite taille, elle avait déjà presque l'air d'une femme sous ses taches de rousseur et tournait, sans se laisser distraire, les pages d'un livre de Bakounine.

Quelques jours plus tard, je la reconnus au milieu du terre-plein goudronné. Mais, cette fois, les cheveux libres, elle se tenait debout, emportée dans une vive conversation avec deux autres lycéens : un garçon trapu d'allure précocement virile, le visage presque brutal sous son grain de peau vérolé ; et une grande perche un peu fragile, coiffée d'un chapeau qui me rappelait les photos de Melanie — une chanteuse hippie que ma cousine adorait. Celle qui polarisait mon attention était la plus petite des trois ; elle semblait pourtant la plus véhémente. Vêtue d'une jupe sombre, elle riait fort puis s'emportait dans un duel mystérieux avec le garçon. Leurs jeux d'adultes m'intimidaient. Âgé de quatorze ans et demi, je venais d'entrer en seconde avec un an d'avance. Ces trois-là possédaient l'insolente maturité des retardataires. Ils avaient peut-être seize ans, mais je ne savais rien de plus ; nous n'étions pas dans la même classe.

Devisant avec mes camarades, je regardais fixement cette fille du coin de l'œil, sans pouvoir détacher mon attention. Je n'entendais pas ses paroles, mais quelque chose d'impérieux émanait de sa personne en conversation avec les deux autres. Y avait-il un peu de narcissisme dans mon attirance ? Était-ce parce que cette élève me ressemblait ? Son visage tacheté de grains de son et ses cheveux châtains, comme les miens, lui donnaient une apparence de petite Normande. Nous aurions pu être cousins ; mais cette ressemblance physique faisait ressortir ce qui, à l'évidence, nous différenciait. Car, même dans les agitations d'un âge difficile, mon tempérament de chrétien moderne se voulait enjoué, souriant, amical. Au contraire, la silhouette et l'allure de cette pasionaria exprimaient quelque chose de fâché, d'ardent, de combatif, voire de furieux. Ce comportement m'attirait comme le contraire de moi-même, tant j'éprouvais le besoin de nouer des complicités rebelles depuis que j'étudiais à l'institution Saint-Joseph, une école religieuse qui m'inspirait le plus profond mépris.

Quatre ans plus tôt, en 1970, j'étais entré en sixième au lycée François-Ier, le grand établissement scolaire du Havre où Jean-Paul Sartre et Raymond Aron avaient enseigné la philosophie avant-guerre. Depuis les « événements » de mai 68, un vent révolutionnaire soufflait sur ce bâtiment aux allures de caserne napoléonienne. Chacun entendait s'y exprimer librement, comme à l'université. Une semaine sur deux, les lycéens du secondaire manifestaient contre le ministre de l'Intérieur Raymond Marcellin et les « mesures fascistes » du gouvernement Pompidou. Cette agitation influençait aussi les collégiens des petites classes. En cinquième ou en quatrième, on commençait à vouloir se laisser pousser les cheveux ; on suivait de loin les manifestations ; on tournait timidement autour des demoiselles, car l'école était mixte, ce qui lui donnait une aura de modernité. Nous avions l'impression de grandir au cœur du monde, là où l'Histoire continuait à se jouer. Dans une France bouleversée par la révolution des mœurs, notre âge même n'était plus un handicap, mais un signe de supériorité; la voix de la jeunesse entendait primer sur tout pour balayer la vieille autorité des familles, de l'État et de la religion.

Pourtant, après une année de quatrième extrêmement dissipée, où j'avais même reçu un « avertissement » — chose inimaginable pour le fils aîné sage et vertueux que j'étais jusqu'alors —, la vieille autorité familiale avait repris le dessus et décidé de me transplanter dans un établissement privé. Même si mes parents se voulaient progressistes, ils pensaient que ce cadre plus strict, cette autorité plus ferme conviendraient mieux à mon âge et à cette époque troublée. À la fois triste et furieux, je m'étais retrouvé, à la rentrée de troisième, dans un collège réservé aux garçons. Après trois ans de lycée, cette arrivée à Saint-Joseph, le vieil établissement catholique de la ville, m'avait donné l'impression de régresser pour intégrer un troupeau de collégiens névrosés. Notre école suivait, certes, les programmes de l'Éducation nationale, y compris les cours d'« éducation sexuelle » désormais obligatoires; mais cet enseignement était assuré par un sinistre curé qui projetait sur l'écran des diapositives figurant les appareils de reproduction masculin et féminin.

Conformément au processus hormonal qu'il nous décrivait, j'avais depuis quelques mois mué, grandi et beaucoup changé, non seulement physiquement mais mentalement. J'éprouvais désormais d'irrépressibles élans politiques; j'avais soif de philosophie, d'art et de littérature. J'étais devenu en somme un *adolescent.*

Durant cette année de troisième, j'avais également ressenti une vive attirance pour la nature attisée par mon professeur de français : femme aux allures d'ogresse qui habitait seule un château des environs du Havre et se déplaçait en soufflant. Elle nous avait fait lire *Que ma joie demeure*, un roman de Jean Giono, et j'avais dévoré cette peinture de la vie pastorale dans les Alpes de Haute-Provence où déambulait un vagabond anarchiste. Ces pages magnifiques semblaient faire écho à mon adoration des montagnes vosgiennes où je retournais chaque année depuis l'enfance. Sous son air acariâtre, Mlle Ouvry avait encouragé mes prédispositions littéraires par une prose adaptée aux convictions de mes quatorze ans et au ton général de cette époque où il n'était question que de paix, d'amour, de retour à la nature.

L'été suivant, séjournant en Auvergne, dans un village de vacances, je m'étais initié au tissage traditionnel pour me fabriquer un sac en laine bleue et mauve que, désormais, je trimballais en bandoulière dans les rues du Havre. J'y rangeais pêle-mêle du tabac à rouler, mon *Anthologie de la poésie française* et de quoi noter mes propres inspirations. Au même moment, après des années de chorale et de piano classique, j'avais découvert la pulsation du rock en écoutant quelques disques usés empruntés à mes plus jeunes oncles : *Led Zeppelin, volume 2* dont j'adorais les lignes grasses de basse et de guitare, scandées comme des toccatas; *Sticky Fingers* des Rolling Stones et sa pochette en forme de braguette signée Andy Warhol; *Good Golly Miss Molly* chanté par John Fogerty, le playboy éraillé de Creedence Clearwater Revival.

Inscrit en classe d'allemand, je ne comprenais rien aux paroles anglaises, mais il me suffisait d'imiter phonétiquement les syllabes devant un micro imaginaire. Dans *Sticky Fingers*, je goûtais particulièrement la joyeuse introduction de *Brown Sugar* — sans même savoir qu'il s'agissait d'une chanson sur l'héroïne. Peu après, mon cousin Jean-René m'avait montré, dans la chambre de son frère aîné, une impressionnante rangée de disques pop, et aussi la collection complète du magazine *Best* qui classait chaque mois les meilleurs groupes et les meilleurs solistes de chaque instrument. Imitant son exemple, je m'étais fait offrir, pour mon anniversaire, deux précieux trente-trois tours de Johnny Winter (*Johnny Winter And, Live*) et d'Alice Cooper (*Killer*).

Pour écouter ces disques, j'avais déniché chez mes grands-parents un pick-up des années cinquante muni d'un bon vieil amplificateur à lampes. Le train de vie de mes cousins me complexait un peu. Leur père venait d'acquérir une *chaîne hi-fi* avec ses deux enceintes stéréo. Mettant à profit quelques notions d'électricité acquises en classe de technologie, sur le « branchement en parallèle » et le « branchement en série », j'avais donc trafiqué le circuit du vieux pick-up pour ajouter un second haut-parleur qui me donnait une illusion de multiphonie. La tête posée entre ces enceintes de fortune, je jouissais pleinement de la potion sonore. Cette question de volume apparaissait en effet comme primordiale, tout bon groupe de rock se distinguant par la puissance des murs d'enceintes et par sa batterie pléthorique. La conjonction sublime de ces qualités était illustrée par Pink Floyd sur la pochette du double album *Ummagumma* : on y voyait le groupe et son matériel étalé le long d'une route, dans un paysage désert, et l'on évaluait béatement le coût des guitares, des batteries, des amplificateurs et des véhicules qui les transportaient. À chaque visite chez Jean-René, j'admirais cette image comme le comble du luxe artistique.

Depuis le mois de septembre et mon entrée en seconde, j'avais enfin abandonné la vieille cour du primaire pour les bâtiments fraîchement poussés du secondaire où soufflait un vent plus moderne. Ce n'était pas la révolution permanente du lycée; mais la liberté de pensée et l'émancipation des mœurs s'insinuaient peu à peu dans les grandes classes de « Saint-Jo », devenues mixtes quelques années plus tôt. Certains professeurs avaient les cheveux longs; les élèves grillaient des cigarettes dans la cour ou au foyer; quelques amoureux se bécotaient à l'entrée, près des mobylettes. De temps à autre, une polémique éclatait encore sur la possibilité de venir à l'école dans certaines tenues comme le blue-jean; on distribuait des pétitions, mais les interdits théoriques ne comptaient plus guère. Mieux encore, l'existence d'un front de l'autorité symbolisé par les curés, le proviseur et le règlement intérieur, donnait un peu de sel à la rébellion des élèves. Nous pouvions, à peu de frais, nous reconnaître comme des résistants, puis débattre sans fin des méthodes policières du surveillant général.

Par tempérament, je n'avais rien d'un écorché vif; mais, plein de l'air du temps, je contestais vivement le monde capitaliste, bourgeois, respectable, et surtout ce *conservatisme* dont l'institution Saint-Joseph, par sa nature même d'école privée chrétienne, m'apparaissait comme l'atroce incarnation. Je me persuadais d'y vivre en semi-liberté, au moment où la jeunesse des quatre coins du monde voyait s'illuminer des horizons radieux. Ces sentiments contre un établissement archaïque se trouvaient, paradoxalement, attisés par ma propre famille et son militantisme évangélique. Car, depuis quelque temps, jusque dans notre paroisse, la religion traditionnelle était balayée par une doctrine égalitariste qui faisait de Jésus-Christ un ancêtre direct de Karl Marx. Ma mère n'était pas loin de le penser ; sauf que dominait toujours, chez les chrétiens, ce côté gentil, bien-pensant et constructif, assez éloigné de la violence révolutionnaire. Pris dans ce mélange ambigu de contestation et d'obéissance, mes parents m'avaient placé à l'école catholique au moment même où ils commençaient à remettre en question l'ordre religieux.

Il y avait donc pour moi quelque chose d'incompréhensible et de fascinant chez cette fille aux airs sombres, seule au milieu de la cour de récréation : elle me ressemblait mais elle ne souriait guère ; elle avait les mêmes taches de rousseur mais les yeux plus ténébreux ; elle ne rigolait pas avec ses amis mais les engueulait ; elle ne lisait pas des livres de prêtres engagés sur l'Évangile (les lectures préférées de ma famille), mais des brûlots anarchistes appelant au soulèvement général ; elle ne cherchait pas à sympathiser mais restait le plus souvent à l'écart ; elle ne voulait pas avoir l'air moderne en enfilant des pantalons, mais portait une jupe, dégagée de tout mimétisme masculin. À part cela, je ne savais rien d'elle, sauf pour avoir entendu, de loin, prononcer une ou deux fois son prénom : *Hélène.*

2

En classe de seconde, il fallait choisir sa section, c'est-à-dire à plus long terme son style de vie. Cette option scientifique, littéraire ou économique, élèverait bientôt des murs entre lycéens. Certains hésitaient encore, avançaient dans le flou, écoutaient les conseils de leur entourage ; d'autres qui avaient choisi leur futur métier suivaient un itinéraire balisé. Ainsi, je ne doutais pas une seule seconde de devenir médecin. La figure de mon grand-père, docteur et fin lettré, puis la lecture de Giono s'étaient combinées pour dessiner mon existence future : médecin dans un village de montagne, j'y vivrais paisiblement en communion avec la nature ; chaque nuit, près de l'âtre, j'écrirais des pages inspirées, comme le narrateur de *La Symphonie pastorale* d'André Gide dont les premières lignes me faisaient rêver : « La neige qui n'a cessé de tomber depuis trois jours bloque les routes... »

Ces études médicales m'imposaient de suivre la filière scientifique ; c'est pourquoi j'étais entré en seconde « C », au milieu des matheux. Je comptais toutefois, dès l'année suivante, opter pour la section « D » (sciences de la nature) qui conduisait également aux études médicales sur un mode plus détendu. Au cours du premier trimestre, quelques groupes s'étaient formés, mais leur état d'esprit ne me plaisait guère. Tous ces futurs ingénieurs avaient quelque chose de puéril et d'obstinément bûcheur, tourné vers la performance. La plupart semblaient ignorer les questions philosophiques qui me taraudaient, induisant dans mon esprit une hiérarchie différente. Pour cette raison, je trouvais plus attirants les élèves de « A », la section littéraire. Ils me semblaient plus éveillés, plus intelligents, plus fantaisistes d'allure, quand bien même les petits génies de « C » les regardaient comme des bons à rien. Dans cette classification n'entraient même pas les élèves de « B », la section d'économie que matheux et littéraires considéraient alors comme une discipline méprisable conduisant au commerce et aux affaires.

L'année 1975 s'achevait. Entre maths et physique, un professeur de français minable nous obligeait à lire des récits d'alpinisme de Frison-Roche, comme s'il trouvait la vraie littérature trop compliquée pour les scientifiques en herbe. Un jour, dans une digression, il avait fait l'éloge du général Pinochet qui venait de « sauver » le Chili et j'avais difficilement retenu un élan d'indignation. Quand il avait vu mon regard noir, plein de haine, ses lèvres s'étaient pincées dans un sourire. À l'heure de la récréation, dans le froid de l'hiver, j'avais alors aperçu cette fille aux airs de jeune femme, lisant ses manuels révolutionnaires. Le lendemain, je l'avais revue emportée dans une véhémente conversation avec ses deux interlocuteurs; mais je n'osais pas les aborder. Après la sonnerie, comme je m'en doutais, tous trois avaient rejoint les classes de seconde A.

Au cours du premier trimestre, j'avais brièvement fréquenté plusieurs réunions de la JEC (Jeunesse étudiante chrétienne) pour y proclamer mon engagement auprès des ouvriers, du tiers-monde, des femmes et de tous les rebelles de la terre. Nous avions séjourné dans un vieux château près d'Étretat; on y avait chanté des refrains de Maxime Le Forestier et longuement discuté des droits de l'homme. Pourtant, j'avais aussitôt détesté le style de ce groupe. Quelque chose me semblait inesthétique dans son idéal de simplicité : le sexe faible y était gros et portait des pulls en laine; les garçons laissaient pousser leur barbe et masquaient leur rivalité sous un tutoiement égalitaire; tous adoraient les dessins de Folon et le rire des enfants. Était-ce le modèle dont je rêvais? Étranger à tous les raffinements de la beauté, ce néo-christianisme rejoignait d'une autre façon l'ennui provincial dans un projet de vie laborieux et sans éclat.

Je préférais cent fois cette fille assise sur les marches, plongée à la récréation dans un manuel de philosophie politique. Sans lui avoir encore parlé, j'étais subjugué par l'indépendance qui émanait de sa personne : ce visage indifférent au piaillement des gamins; cette capacité de s'isoler pour dévorer des pages et des pages. Les couvertures des volumes qu'elle tenait ostensiblement portaient les noms de Bakounine, mais aussi Kropotkine, Marcuse, Adorno... Dans ma famille, les philosophes s'appelaient Pascal, Bergson, Alain, Teilhard de Chardin, si bien que ce courant intellectuel m'apparaissait encore mystérieux. Une seule chose était certaine : les mots de *révolution* et de *psychanalyse* qui revenaient dans les titres désignaient une école de pensée sulfureuse, propre à mettre en émoi la direction de notre établissement scolaire (je voulais du moins m'en persuader, quand bien même le christianisme pratiquait plutôt la tolérance).

Tous ces théoriciens m'intriguaient. Depuis l'école primaire, je ne pouvais griffonner trois pages de rédaction sans avoir l'impression d'entreprendre une œuvre. Au début de l'adolescence, je m'étais plongé dans la poésie; mais rien ne m'intéressait autant que l'organisation de la société. Depuis la lecture de *Que ma joie demeure*, je me sentais une âme de prophète, désireux d'explorer les chemins de la félicité. Dans la cave de mes grands-parents, j'avais déniché d'anciens manuels scolaires de terminale dont je dévorais les « extraits choisis », espérant y trouver les clés de l'existence. Je me passionnais pour les classements qui désignaient Platon, Descartes, Spinoza et Kant comme les « quatre grands philosophes ». Ma préférence allait toutefois vers Nietzsche dont j'avais acquis plusieurs volumes en livre de poche. Fasciné, sans rien y comprendre, par le personnage de Zarathoustra, je m'étais essayé sur un carnet à rédiger mon propre conte philosophique, dans un salmigondis d'amour du prochain, de ferveur bucolique et de pacifisme hippie. J'étais fier de mon Zarathoustra sympathique et doux, descendant des montagnes pour éclairer les humains.

Mon impatience intellectuelle tranchait sur l'apparente maturité de cette lycéenne qui semblait mettre à profit son année de retard pour lire continuellement. Elle m'intimidait par son sérieux et je rêvais d'attirer son regard, lorsque le moyen m'apparut dans une illumination : il fallait me rapprocher d'elle en soulignant par mes comportements tous nos points communs, et d'abord notre opposition à cette école religieuse. La meilleure façon consisterait à trimballer, moi aussi, quelques livres surprenants pour un élève de seconde C à l'institution Saint-Joseph. *Par-delà le bien et le mal* et le *Manifeste du parti communiste* feraient l'affaire. Je les avais seulement feuilletés; mais l'un et l'autre correspondaient à l'image que je voulais donner de moi-même.

Sitôt dit, sitôt fait : aux récréations suivantes, je m'installai sur la marche voisine d'Hélène et j'ouvris ces volumes, moins pour en savourer la prose que pour orienter précisément les couvertures en direction de ma dulcinée. Je recommençai avec tant d'insistance qu'elle finit par tourner la tête vers Nietzsche, vers Marx, puis vers moi, en demandant, étonnée :

— Tu lis ça, toi ?

Ma tactique portait ses fruits. Même posée sur un ton vaguement moqueur, cette première question me faisait enfin exister. Je ne me confondais plus avec cette école bourgeoise et ses gosses décérébrés. Hélène avait parlé d'une voix un peu grave. Elle voulut bien échanger quelques mots, et je recueillis même un sourire complice en affirmant que j'étais *anarchiste.* Je lui demandai alors si elle voudrait bien me prêter ce bouquin de Bakounine qu'elle dévorait l'autre jour. Réagit-elle comme une militante cherchant à convertir une nouvelle recrue ? Ou comme une personne plus gentille qu'elle n'en avait l'air ? Le lendemain, venant vers moi, elle me passa son exemplaire de *Dieu et l'État* en me disant que je pouvais le garder.

Cette encourageante entrée en matière ne réduisit guère la distance qui nous séparait. Hélène avait seize ans, je n'en avais que quatorze, et quelque chose de plus grave encore nous menaçait : mon éducation mi-catholique, mi-socialiste avait développé une certaine culpabilité concernant mes origines sociales supposées trop favorisées. Ma mère répétait sans cesse que nous étions des enfants gâtés, trop aisés, trop privilégiés. Elle rêvait d'égalité, de fraternité, d'Évangile, et j'adhérais moi-même, pour une part, à cette doctrine. C'est pourquoi, dans l'élan révolutionnaire qui nous rapprochait soudain, je redoutais de passer, aux yeux d'Hélène, pour un méprisable rejeton de bonne famille, autrement dit pour un « petit-bourgeois ».

Autre chose commença bientôt à m'inquiéter, tandis que je dévorais dans ma chambre les premières pages de *Dieu et l'État*. Pendant des semaines, j'avais observé avec fascination les airs sombres de cette fille ; à présent, je tremblais devant la rage de Bakounine. Moi qui m'imaginais l'anarchisme comme une doctrine voluptueuse et béate, je ne comprenais pas ce ton violent, exalté, et je brûlais de revoir Hélène pour soulever toutes ces questions. Mais les récréations suivantes ne le permirent pas. Elle bavardait à nouveau avec ses deux amis et leurs échanges semblaient plus vifs que jamais. Plusieurs fois, je la vis lancer des éclats de voix contre ce type au visage rugueux, entré à Saint-Jo comme pensionnaire. Répondant à ses attaques, le garçon ricanait ; son expression farouche lui donnait un côté Humphrey Bogart. Auprès d'eux se tenait toujours cette camarade coiffée d'un chapeau, portant des foulards et des robes indiennes, qui semblait jouer le rôle d'une confidente de tragédie devant ce couple en train de se déchirer.

L'idée de *couple* m'effleura-t-elle d'ailleurs l'esprit ? Je me demandais seulement, en les observant, pourquoi Hélène s'énervait tellement contre ce type ; et je me demandais pourquoi l'existence qui me semblait potentiellement si délicieuse et si tendre (comme un roman de Giono, comme un poème de Verlaine, comme un tableau de Monet) devait comporter tant de luttes et de cris.

Après plusieurs hésitations, je finis par m'approcher de ces trois personnages, persuadé que mes premiers échanges avec Hélène m'y autorisaient. Désireux de lui offrir un livre à mon tour, je sortis de mon sac en laine une édition de poche du *Chant du monde* de Giono. Intimidé par ce garçon au visage grêlé et cette adolescente à la dégaine de chanteuse hippie, j'avançai courageusement dans leur direction, tout rayonnant de mon sourire pacifique et chrétien ; puis je lançai un chaleureux « Bonjour » auquel Humphrey Bogart répondit « Salut », d'une voix rauque, mais sans méchanceté, tandis que la jeune hippie me toisait sans véritable intérêt. Hélène alors se tourna vers moi, le regard irrité, et me demanda sèchement :

— Laisse-nous !

Coupé dans mon élan, et sans doute un peu blessé, je cherchai à me justifier, tout en brandissant mon livre de poche écorné :

— Je voulais te donner ce roman magnifique !

Très sauvagement, les yeux vifs et presque brûlants, elle m'interrompit une seconde fois :

— C'est gentil, mais une autre fois. Laisse-moi, s'te plaît.

En entendant son ami ricaner, je compris que je n'avais pas choisi le bon moment. Piteux, je retournai vers les gamins de la cour de récré qui constituaient probablement mon milieu naturel, tandis qu'Hélène et ses comparses continuaient à régler leurs affaires d'adultes. Pire que tout : elle m'avait trouvé « gentil » et cette idée m'irritait. J'y sentais un certain mépris. J'aurais préféré l'énerver, la mettre en rage, moi aussi. Car une chose au moins ne faisait aucun doute : j'étais épris de cette fille qui occupait mes pensées. Chaque jour, je réglais mon comportement en fonction du regard qu'elle pouvait jeter sur moi. Mes élans n'avaient rien de clairement sexuel ; je ne songeais guère à la *draguer* ni à l'embrasser sur la bouche ; tout cela ne m'effleurait même pas l'esprit. Mon sentiment relevait plutôt de la fascination pour une personnalité incompréhensible.

Hélène, de son côté, me renvoyait des signes contradictoires. Après m'avoir fait comprendre que je lui cassais les pieds, elle revint le lendemain parler avec moi. Reprenant les sujets de notre première conversation, je lui avouai mon étonnement devant cette *nécessaire violence* qui m'avait tant déplu dans le livre de Bakounine. Elle m'opposa ses arguments sans hésiter : la révolution ne serait pas un divertissement ; nous ne saurions faire l'économie d'un affrontement sanglant ; des bourgeois allaient payer ; il faudrait choisir son camp. Tout cela ne me rassura pas davantage.

La politique, heureusement, n'occupait pas toutes ses pensées et d'autres détails contribuèrent à nous rapprocher. Hélène pratiquait le piano, tout comme moi ; elle suivait les cours d'une concertiste qui avait ouvert au Havre une annexe de la Schola Cantorum. Après le bac, elle comptait entreprendre des études de musicologie. Un autre détail me parut enchanteur : elle était née le 19 mars 1958, moi le 20 mars 1960, tels deux poissons printaniers. Plus inattendu encore, la fougueuse révolutionnaire aimait se retirer, parfois, dans la solitude d'une abbaye. Or j'adorais moi aussi l'ambiance des monastères où mes parents me traînaient depuis l'enfance ; moins par conviction religieuse que par goût des vieilles pierres et des litanies grégoriennes. Chacune de ces coïncidences semblait conçue pour nous lier.

À ses yeux, sans doute, je n'étais qu'un enfant en train de grandir ; mais, loin de me le faire sentir, elle me traitait en adulte et je me montrais ardent, désireux de découvrir tout ce qu'elle voudrait. Certains jours, cette relation presque tendre l'emportait comme une amitié poétique. À d'autres moments, Hélène devenait cassante et m'intimidait comme un gourou. Semaine après semaine, elle me prêta plusieurs livres : *Cinq leçons sur la psychanalyse* de Freud, puis *Les Champs magnétiques* d'André Breton où je découvris avec ravissement les principes de l'écriture automatique. Pour moi qui me voulais écrivain, mais ne savais ni raconter une histoire ni développer une idée, ce fut un véritable choc : il était donc possible d'écrire n'importe quoi, au hasard, et de me dire *moderne*; la littérature semblait à portée de main. Un demi-siècle après Breton, une jeune fille de province inspirait mon ambition littéraire, stimulait mes progrès sur la ligne révolutionnaire, et me laissait redouter la perspective d'une exclusion si je me montrais décevant.

3

Un soir d'hiver, après l'école, Hélène me proposa de la raccompagner. « On rentre ensemble ? » suggéra-t-elle soudain, tandis que les lycéens couraient vers leurs solex et leurs mobylettes. À ces mots, pour la première fois, j'eus l'impression de compter pour elle. Partageait-elle ce bien-être que je ressentais en sa présence ? Tandis que nous marchions côte à côte, sur le trottoir, je restai d'abord timide et silencieux ; puis Hélène, coiffée d'un petit bonnet de laine rouge sous lequel dépassait une natte, me raconta l'histoire tourmentée de son enfance.

Quelques années plus tôt, son père avait quitté le domicile familial et disparu, sans plus jamais donner de nouvelles. Était-il mort ? Vivant ? Caché ? Plus âgé que son épouse, cet homme cultivé et misanthrope semblait inspirer, par sa présence lointaine, l'attirance d'Hélène pour la littérature et pour le recueillement des cloîtres. Face à sa mère, la vie quotidienne tenait plutôt de la révolution permanente : fugues et conflits avaient perturbé le cours de sa scolarité, lui faisant prendre un an de retard. Passionnée de piano, Hélène avait finalement décidé de s'inscrire à Saint-Joseph pour préparer son bac. L'école catholique ne lui inspirait que du mépris, mais guère plus, somme toute, que l'enseignement de la république bourgeoise. À seize ans et demi, farouchement gauchiste, elle englobait dans un même dédain tous les représentants de l'ordre social ; mais elle voulait travailler pour obtenir ce diplôme qui lui permettrait d'entreprendre ses études universitaires.

Longeant la rue Félix-Faure et ses immenses villas balnéaires, édifiées au XIXe siècle par les négociants du port, nous dominions la ville dans toute son étendue. J'adorais ce panorama de la « côte » qui donnait au Havre une urbanité grandiose. Cent mètres plus bas, les tours en béton armé d'Auguste Perret se dressaient le long d'avenues rectilignes. Plus loin, vers l'est, les bassins portuaires, les entrepôts et les quais dominés par des grues métalliques se prolongeaient jusqu'aux usines innombrables, puis se perdaient dans les chapelets de fumées qui embrumaient l'estuaire de la Seine. À l'ouest, la ville s'interrompait brutalement devant la mer. Les deux bras de la jetée s'ouvraient sur le large, immense et scintillant, où se croisaient quantité de paquebots, pétroliers, méthaniers, porte-conteneurs, cargos, chalutiers, dragues, porte-barges, prêts à entrer en Europe ou à partir pour l'Amérique.

Le Havre était une ville de province étriquée, mais aussi ce décor urbain et maritime propice à la rêverie. Nous avions ralenti un instant pour l'admirer, puis nous avions encore parlé de poésie en marchant vers le funiculaire. Ce wagon à crémaillère descendait jusqu'à la rue Thiers, vieille artère commerçante de la ville basse épargnée par les bombardements de septembre 1944. Tandis que la nuit tombait sur les magasins, Hélène m'avait entraîné dans un grand café, un vrai café urbain, de ceux où ma famille ne mettait jamais les pieds ; et nous nous étions attablés comme deux amoureux dans les odeurs de bière, de fumée et de chocolat chaud.

Quelques jours plus tard, la promenade se prolongeant, Hélène me proposa de voir l'appartement où elle vivait, en plein centre-ville. Je la suivis jusqu'au troisième étage d'un bâtiment en brique rouge datant de la reconstruction. Nos pas résonnaient dans l'escalier pavé, et cette façon même d'entrer dans un immeuble était nouvelle pour moi : tous mes amis habitaient des maisons avec jardin. Sur le palier, elle sortit sa clé — car sa mère était encore au travail — avant de me faire traverser un appartement modeste, mais agréable. À l'extrémité du couloir, sa chambre, surtout, m'apparut comme une tanière d'artiste vibrante et raffinée.

Le piano droit occupait l'un des murs. Au-dessus du clavier, je reconnus la partition colorée de *Children's Corner,* composé et illustré par Debussy. Quelques mois plus tôt, j'avais découvert ce musicien, aussitôt devenu mon compositeur favori. De l'autre côté du lit, une grande bibliothèque regorgeait de livres où dominaient les auteurs de gauche. Je remarquai, bien en vue, le *Manuel de Saint-Germain-des-Prés* de Boris Vian, une photo en noir et blanc de Jean-Paul Sartre et Simone de Beauvoir au café de Flore, ainsi que plusieurs volumes de la collection 10/18. Quelques reproductions de tableaux accrochées aux murs, dans cette pièce ombragée donnant sur une rue animée, complétaient le portrait d'une jeune fille moderne, passionnée d'art et de littérature.

Mon enchantement grandit encore lorsqu'elle s'assit au piano pour jouer la première pièce de *Children's Corner* : « Doctor Gradus ad Parnassum ». Sans hésiter, ses doigts filèrent sur le clavier, de la première à la dernière note, culminant dans une page de vélocité brillante. Enthousiaste, je lui demandai de rejouer mon passage préféré : ces vagues de septièmes arpégées aux accords délicatement *impressionnistes.* Hélène était bien meilleure pianiste que moi. Derrière son tempérament rebelle, ses taches de rousseur et son regard insatisfait, se dissimulait une nature exigeante. Quelques instants plus tard, elle posa un disque sur l'électrophone et me fit entendre les *Gymnopédies* d'Erik Satie, tellement originales dans leur simplicité. En quelques instants, plusieurs portes venaient de s'ouvrir à moi. Après l'éducation classique de ma famille ; après mes curiosités d'adolescent ingurgitant simultanément Jean Giono, Led Zeppelin et Zarathoustra, un nouvel horizon se dessinait dans l'antre d'Hélène. Elle fouilla encore pour saisir une pochette de disque où était imprimée, en couleurs rousses, la photo du chanteur anarchiste Léo Ferré. Le trente-trois tours commença à tourner sur la platine, et j'entendis pour la première fois ces couplets qui me révélaient un monde inconnu, loin de celui des enfants comme de celui des adultes :

On s'aimera cet automne
Quand ça fume que du blond
Quand sonne à la Sorbonne
L'heure de la leçon...

Ferré, la Sorbonne, Saint-Germain-des-Prés. La grande ville des artistes me chuchotait à l'oreille : « Viens nous rejoindre. » Né au bord de la mer, à deux cents kilomètres de la capitale, je ne connaissais de Paris que la gare Saint-Lazare et les appartements sombres de quelques cousins. À présent, une imagerie d'amour, de pavés et de rendez-vous clandestins me rapprochait d'Hélène et m'invitait à larguer les amarres.

4

Une photo me montre, âgé de quatorze ou quinze ans, dans un pull marron tricoté par ma mère. J'ai le visage couvert de taches de rousseur; mes cheveux châtains bouclés dégringolent jusqu'au cou dans une touffe inutile, sauf pour proclamer ma liberté. On ne voit que mon buste sur ce portrait qui, de plain-pied, dévoilerait probablement un pantalon de velours à pattes d'éléphant, rallongé plusieurs fois au rythme de ma croissance (ainsi faisait-on alors, par sens de l'économie, en dépliant l'ourlet dont les précédentes marques restaient visibles). Je souris timidement devant l'objectif, dans une expression encore enfantine, même si ma voix a déjà mué et que tout m'attire du vaste monde.

Faute de pouvoir le parcourir, je méditais ce titre d'un récit du XIXe siècle : *Voyage autour de ma chambre.* Nichée dans les mansardes, au deuxième étage de la maison, la mienne surplombait la ville et ses longs immeubles en béton armé. Entre les tours de la « Porte Océane » et un clocher aux allures de gratte-ciel, on voyait glisser les cheminées des navires. Parfois, le soir, un épais crachin enveloppait la grande horloge de l'hôtel de ville ; la lumière périssait, le temps s'estompait et j'entendais résonner au loin la plainte régulière d'une corne de brume. Je me sentais bien dans cette pièce meublée d'un lit et d'un piano Gaveau, où s'était ajouté mon pick-up des années cinquante. En ce printemps 1975, le moment me sembla également venu de réorganiser ma bibliothèque où s'alignaient encore les bons Jules Verne et Arsène Lupin qui m'avaient accompagné ces dernières années.

Je commençai par rassembler sur une même rangée tous les livres qui, désormais, comptaient vraiment pour moi. Leur juxtaposition dessinait une sorte d'identité — un peu comme les posters de rock et toutes ces marques visibles par lesquelles un adolescent adresse au monde sa déclaration. À côté de l'*Anthologie de la poésie française,* dans laquelle séchaient quelques fougères, je disposai l'autre volume de la Pléiade reçu pour mon anniversaire : *Jean Giono, œuvres romanesques complètes,* tome 1 ; et bien sûr ce recueil de Verlaine relié plein cuir, offert par mon grand-père maternel. J'y ajoutai Nietzsche et Bakounine, un choix d'histoires loufoques d'Alphonse Allais, en livre de poche, et encore une *Anthologie de la poésie française contemporaine* dénichée chez un libraire de la ville peu après la rencontre d'Hélène. Elle m'avait permis de lire, pour la première fois, quelques poèmes dadaïstes et surréalistes. À la recherche des sortilèges de l'écriture automatique, mon attention s'était fixée sur ces vers de Tristan Tzara qui réjouissaient ma futilité instinctive :

La chanson d'un bicycliste
Qui était dada de cœur
Qui était donc dadaïste
Comme tous les dadas de cœur

Ce n'était pas tout. L'année précédente, en classe de troisième, notre collège avait invité un romancier catholique. Comme tous les élèves, j'avais assisté à la conférence de Michel de Saint-Pierre, connu pour son best-seller *Les Aristocrates* où il dressait le portrait d'une vieille famille française. Farouchement réactionnaire, il nous avait parlé du déclin des valeurs et de la menace communiste, sous les yeux humides des professeurs et des curés. Tout en détestant cet homme, cela m'intriguait d'entrevoir un véritable écrivain en chair et en os. J'en avais donc profité pour parcourir son fameux roman, duquel j'avais retenu quelques vers d'Henri Michaux, cités par l'auteur pour s'en moquer. Ils m'avaient aussitôt enchanté :

Glo et glu
Et déglutit sa bru...

Ainsi, Michaux, via Michel de Saint-Pierre, s'était-il ajouté aux précédents modèles pour stimuler mon instinct de poète, muni du sésame de l'art moderne : l'idée que la liberté de l'écriture et l'imagination devaient, à coup sûr, engendrer une création sublime. Il ne me manquait plus, pour écrire vraiment, qu'un stimulant sensuel, tel un catalyseur accélérant le processus ; et il me sembla que la musique devait naturellement jouer ce rôle.

Quand bien même je la pratiquais depuis l'enfance, son importance avait beaucoup grandi depuis que j'écoutais Debussy. Mon père achetait régulièrement, chez le marchand de journaux, les albums illustrés de la collection « grands musiciens », complétés par un disque vingt-cinq centimètres. Je ne m'étais guère intéressé aux premiers volumes Bach, Mozart, Beethoven — compositeurs trop rabâchés, que je m'évertuais à vaincre en travaillant mon piano ; à quinze ans, je préférais mes premiers disques de rock. Mais le numéro consacré à Debussy avait aussitôt attiré mon attention. D'abord à cause du portrait reproduit sur la pochette où le musicien, peint en jeune homme par son ami Marcel Baschet, m'avait adressé un regard sombre, plein de mystères indicibles : le contraire de ces portraits romantiques où les cheveux flottent au vent tandis que les yeux jettent des éclairs de passion.

Avec sa barbe noire et sa retenue, Debussy

ressemblait aux personnages de 1900, ces aïeux morts à la Grande Guerre qu'on reconnaissait encore sur les anciennes photos de famille. Ce nom français, ce passé encore proche, tout cela rompait avec la mythologie allemande de la « grande musique » et ses génies lointains. Dans les pages du livret, on découvrait le compositeur près d'une automobile, occupé à téléphoner, déambulant sur les boulevards parisiens ou prenant l'air sur les galets d'une plage de la Manche, à deux pas de chez moi. Ces clichés en noir et blanc situaient son existence à la frontière de l'Histoire et du présent.

Après avoir pris ce disque dans le bureau de mon père, j'avais soulevé le couvercle en bois du pick-up, j'avais posé le bras jaune sur le sillon noir, et j'étais resté envoûté par cette musique suspendue, étrangère à l'écoulement du temps. Les accords, les rythmes, les mélodies et même les silences formaient une composition dans laquelle chaque motif semblait se suffire à lui-même, où chaque instant de la musique devenait musique. Le morceau s'appelait *D'un cahier d'esquisses* et Debussy le jouait lui-même, au piano, sur des rouleaux enregistrés au début du XXe siècle, au temps des inventeurs. La magie de la transmission et les craquements du vieux disque soulignaient la proximité de ce passé déjà lointain.

Sur l'autre face du disque, j'avais découvert le *Prélude à l'après-midi d'un faune*, et je m'étais laissé porter par ce chant de flûte, si fluide et naturel dans sa complexité ; alors, sans plus attendre, je m'étais précipité sur le poème de Mallarmé qui avait inspiré Debussy. Il figurait, justement, dans l'*Anthologie* d'André Gide. Je n'avais compris goutte à ces vers sophistiqués, mais j'en avais aimé la sonorité :

Ces nymphes, je les veux perpétuer.
Si clair,
Leur incarnat léger, qu'il voltige dans l'air
Assoupi de sommeils touffus.

Le lendemain, de nouveau, j'avais écouté la musique en lisant ce poème à voix haute ; et, pour compléter ces sensations raffinées, j'avais allumé une bougie, puis une baguette d'encens dont le parfum s'était répandu dans ma chambre en même temps que les rimes, les notes et la corne de brume.

Quelques jours plus tard, j'avais emprunté à un ami de mes parents, passionné de musique, un autre disque réunissant les quatuors à cordes de Debussy et Ravel. J'étais alors tombé, davantage encore, sous le charme de mon « compositeur préféré ». Les pizzicatos du second mouvement m'avaient ensorcelé par leur légèreté, leur rythme bondissant ; puis j'avais retrouvé le même plaisir en suivant, sous les doigts d'Hélène, les accords ondulants de *Doctor Gradus ad Parnassum*. Cette volupté harmonieuse faisait écho, dans mon esprit, à la beauté de la nature, du ciel, de la montagne; elle ressemblait aux rouleaux de mer s'écrasant sur les galets d'Étretat. Debussy n'était-il pas le contemporain de Claude Monet qui avait fixé sur la toile ces mêmes beautés? Fasciné par la proximité de tout ce que j'aimais, je me sentais enfin prêt à me mettre au travail.

En face de moi, sur une table basse improvisée, devant un empilement de coussins, un cahier était ouvert à la première page et un stylo m'appelait à rejoindre le panthéon des créateurs. Il suffirait de me laisser porter par l'inspiration du compositeur, dans cet air parfumé d'ambre et de santal. Si j'en croyais les principes de l'écriture automatique, les mots allaient jaillir tout seuls, précieux comme des diamants... Plus prosaïquement, tandis que crépitaient les pizzicatos du quatuor, j'entrevis d'abord une image de sauterelles, comme celles qui bondissent, l'été, dans la prairie vosgienne. Elles envahirent aussitôt ma première page :

Fleur qui vibre dans l'azur,
Charme ininterrompu
qui saute d'herbe en herbe...

C'était simple, mais j'étais content de moi : l'abstraction du *charme* avait un caractère assurément plus poétique que les pattes articulées des orthoptères. Je restai pourtant suspendu à la ligne suivante, avant de me rappeler ce vers d'Eluard, lu dans un article sur le surréalisme : « La terre est bleue comme une orange. » L'essentiel était de procéder à des rapprochements improbables. L'avant-garde se trouvait de ce côté-là. Mes premiers textes automatiques restaient toutefois encombrés par les lieux communs d'une vision juvénile où les *murs*, la *prison*, le *ciel trop bas* s'opposaient au *rêve*, à l'*azur*, à l'*espoir*. Quelques images plus originales s'y mêlaient parfois, nourries par mes dernières émotions de lecture, de peinture ou de promenades :

Minuscule facette
Qui brille au loin dans l'émeraude
Laisse apparaître au fond
L'eau verte qui s'érode.

Dans le genre symboliste, ces deux derniers vers me semblèrent très réussis. J'avais beau me lancer dans la poésie libre, je m'efforçais instinctivement d'y retrouver une forme de métrique et de rime classique. Bizarre... Quoi qu'il en soit, au bout d'une heure, je me sentais plus que jamais écrivain. Naturellement, j'avais tracé ces premières lignes pour Hélène, et j'étais impatient de les lui montrer, comme une déclaration : la preuve que son disciple progressait sur les terres en friche de l'art et de la bohème.

5

Aussi loin que je recherche parmi ces souvenirs m'apparaît la chasteté de mes sentiments pour Hélène. Fasciné par cette fille qui m'entrouvrait les portes de l'art et de la littérature, je voulais seulement me sentir bien avec elle, parler du surréalisme, rêver de Paris en écoutant des disques de Léo Ferré, et me laisser griser par tout cela comme si mon rêve d'amour se contentait d'esthétique.

Quand je repense à ces années, je me demande si l'adolescence, soumise à d'ardentes pulsions hormonales, n'est pas aussi, parfois, très indifférente au sexe. Soudaine et fugace, la libido des jeunes gens se reporte facilement d'une activité à l'autre. Encore en germe, les préoccupations érotiques se feront plus envahissantes au fil du vieillissement. L'adulte qui voit venir la mort s'accroche à la sensualité, comme le dernier vestige d'une jeunesse perdue qu'il revisite et déforme, sans grand rapport avec la réalité de cet âge... Lorsque nous marchions ensemble, devant la mer où se croisaient les pétroliers, je prenais parfois la main d'Hélène et cela me suffisait, sans que j'éprouve le besoin d'autre chose.

Est-ce à dire que le corps féminin ne m'attirait guère ? Cette question d'*orientation* ne se posait pas davantage à mon esprit. Tout ce qui comptait, pour l'heure, était de bouleverser le monde par la révolution et la poésie. Et ce rêve comportait des exigences particulières, cultivées avec le lyrisme de notre âge : comme celle d'inventer une forme d'amour indifférente aux conventions du couple et à la tyrannie sexuelle. Cette relation avait à nos yeux un modèle : celui de Jean-Paul Sartre et Simone de Beauvoir, tels qu'ils apparaissaient dans la chambre d'Hélène, au temps de leur union libre à Saint-Germain-des-Prés.

Cela me rassurait probablement de me débarrasser ainsi des tentations génitales. Dieu et la religion, si présents dans mon enfance, avaient complètement cessé de m'intéresser ; je voyais le christianisme comme une superstition parmi d'autres ; mais sans doute gardais-je de mon éducation catholique une horreur instinctive de la sexualité, si bien que je préférais cultiver cette liaison sublime : nous promener ensemble, parler des anarchistes, fumer une cigarette au son d'une *Gnossienne*. Plus âgée que moi, mieux informée de la psychanalyse et des choses du sexe, Hélène semblait elle-même se prêter au jeu et cultivait en ma compagnie cette chasteté poétique. L'absence d'attraction physique mutuelle nous rapprochait.

Le 20 mars 1975, jour de mes quinze ans et lendemain de ses dix-sept ans, elle m'offrit *Les Thibault* de Roger Martin du Gard dans l'édition de la Pléiade; puis elle partit pour les vacances de Pâques au couvent de moniales du Bec-Hellouin. Par épisodes réguliers, son gauchisme farouche cédait ainsi la place aux préoccupations mystiques. La disciple de Bakounine se transformait en émule des écrivains français du début du XXe siècle : André Gide ou Julien Green — deux auteurs que son père adorait, tout comme le mien. Puis la révolution reprenait le dessus; le grand soir se profilait avec ses urgences politiques et son cortège de victimes — où moines et religieuses ne seraient pas épargnés.

Durant ce séjour à l'abbaye, Hélène m'adressa de longues lettres qui commençaient solennellement par « mon cher ami ». Pour un peu elle aurait employé le voussoiement, et mes réponses épousaient la même mise en scène. D'une écriture bleue, bien assurée, elle me parlait de la campagne givrée, des chants de la messe des Rameaux, de la possibilité qu'elle se retirât définitivement au couvent. Elle recopia aussi des pages entières des *Lettres à un jeune poète* et, comme je m'interrogeais sur le sentiment amoureux, elle me cita cette phrase des *Faux-Mon-*

nayeurs : « Dans le domaine des sentiments, le réel ne se distingue pas de l'imaginaire… Et il suffit d'imaginer qu'on aime pour aimer. »

Dès son retour au Havre, notre liaison reprit sur le mode contraire. La combattante l'emportait sur la mystique. Les propos d'Hélène débordaient de fureur contre le monde, exigeant d'ardents règlements de comptes. Comme elle, je me voulais « anarchiste », et cette profession de foi contribuait à nous rapprocher. J'aimais traîner, le samedi après-midi, devant l'entrée de Monoprix où des militants vendaient *Le Monde libertaire* que je trimbalais fièrement sur moi — espérant faire trembler quelque commerçant bondieusard, comme il s'en trouvait jusque dans ma famille. Mais je m'avisais, en tremblant à mon tour, que l'anarchisme d'Hélène était celui des enragés, des clandestins, des poseurs de bombes, débouchant sur la guerre civile. Ma conception des bouleversements sociaux se voulait nettement plus hédoniste : un anarchisme doux, pacifique, harmonieux, dégagé de tout rapport de force, comme dans les rêves du vieux Tolstoï. Pourtant, la colère de cette camarade de dix-sept ans me fascinait par son horizon ténébreux ; et, lorsque je la raccompagnais chez elle, je découvrais combien cette vision guerrière de l'existence pouvait se prolonger en accents émouvants, lorsqu'elle posait sur sa platine « On s'aimera » de Léo Ferré, et que je redevenais un adolescent romantique.

Nos relations passaient aussi par des moments pénibles, au cours desquels Hélène me traitait de « petit-bourgeois ». Fumant une cigarette devant un café, elle dressait vers moi sa tête, me renvoyait son regard intense au milieu des taches de rousseur ; puis sa voix un peu rauque devenait soudain plus agressive pour demander :

— Quel choix feras-tu vraiment, ce jour-là ?

La révolution qui ne se profilait guère posait déjà des questions urgentes. En bon chef militaire, mon égérie s'interrogeait pour savoir où je me situerais et comment je m'engagerais. Irais-je me réfugier sous la protection du pouvoir fasciste ? Ma naissance et mon éducation le laissaient supposer. Serais-je prêt à descendre dans la rue pour prendre les armes et me battre, violemment, *y compris contre mes proches* ? Ces questions me plongeaient dans des abîmes de perplexité. Certains soirs, je rentrais chez moi, déchiré, me demandant si vraiment j'aurais le courage, le moment venu, de passer par les armes mes propres parents, frères et sœurs qui, certes, m'agaçaient beaucoup... Méritaient-ils pour autant un jugement tellement sévère ?

Nos oppositions se cristallisaient également sur la mère d'Hélène, une femme énergique employée dans l'administration. Entre l'une et l'autre, les relations tempétueuses ne s'amélioraient guère. À chaque conflit, il apparaissait que la fille préférait son père et tenait cette femme pour responsable de son départ. Au contraire, voyant en moi un garçon bien éduqué, qui apaiserait peut-être la révolte d'Hélène, sa mère m'accueillait avec humour et gentillesse. Mais quand, à mon tour, je faisais l'éloge de cette personne sympathique, je recevais en réponse des éclats de sa fille contre la « vieille salope » autoritaire et réactionnaire qui lui pourrissait la vie.

Notre histoire, en somme, avait le caractère heurté, tendre et fervent d'une relation amoureuse... à l'exception de ces affaires charnelles qui ne m'effleuraient pas l'esprit. Elles l'effleuraient si peu que je voyais sans gêne, et sans vraiment comprendre, mon égérie retrouver régulièrement ce pensionnaire qui se prénommait Pierre. Perplexe, j'observais leur tête-à-tête agité, à l'autre extrémité de la cour, et je les plaignais alors en me demandant :

— Qu'ont-ils donc, ces deux-là, à s'engueuler tout le temps ?

Je n'y comprenais rien. Jusqu'à ce jour de printemps où je me rendis chez mon amie pour lui montrer un nouveau poème. Cet après-midi-là, en approchant de son immeuble, je l'aperçus de loin sur le trottoir, presque collée à Pierre au milieu des passants. Les yeux fiévreux d'Hélène dévoraient ce garçon aussi tendre d'allure qu'un ours des Pyrénées. Quand, enfin, elle l'embrassa sur la bouche, je n'éprouvai aucune contrariété, mais je songeai qu'il existait, décidément, à côté de notre passion chaste, une autre forme d'attirance entre garçons et filles. Cette découverte n'éveilla pas chez moi la moindre jalousie, tant notre liaison idéale me paraissait plus digne d'intérêt. Lui avait-elle donné ce baiser par jeu ? Ou comme une provocation ? Je discernais dans leurs échanges quelque chose d'animal qui ne m'attirait pas du tout.

Une autre fois, après avoir gravi les deux étages de l'immeuble, je reconnus derrière la porte leurs deux voix secouées par d'étranges éclats de rire — si bien que je n'osai sonner, de peur de les déranger. Le lendemain, dans la cour de Saint-Joseph, Hélène et Pierre avaient repris leur petit jeu et se dévisageaient comme des ennemis mortels. Je sentais bien que ces confrontations recouvraient quelque chose d'important ; mais je ne saurais dire que je les enviais. Au contraire, nos promenades à travers la ville, mes élans de ferveur et les projets d'Hélène — qui voulait à présent fonder une revue littéraire — suffisaient à me combler. Mieux encore : j'avais l'impression qu'elle comptait sur moi, qu'elle avait besoin de notre idylle, qu'elle aimait ces parenthèses de douceur. Puis, dans un élan contraire, je me demandais si notre nirvana poétique comptait tellement pour elle ; s'il ne pouvait se voir balayé, en une seconde, par les élans torrides de la vraie passion amoureuse.

6

Au cours de l'année scolaire, un nouveau surveillant fit son entrée en salle d'étude. Sa dégaine, inhabituelle pour le personnel de l'établissement, attira aussitôt les élèves rétifs à l'autorité. Grand et mince, il portait une boule de cheveux noirs frisés presque aussi généreuse que celle de Jimi Hendrix. Tout, dans son allure, évoquait un *étudiant* — c'est-à-dire, pour beaucoup d'entre nous, un grand frère ou un jeune oncle. Mais, surtout, maints détails le désignaient comme un esprit libre, échoué presque par erreur dans cette école chrétienne et réactionnaire.

Non seulement il préparait une maîtrise de philosophie (discipline fascinante à mes yeux, tant elle semblait contenir l'alpha et l'oméga de la condition humaine) ; mais, surtout, comme je ne tardai pas à l'apprendre, il avait choisi de consacrer son mémoire à Nietzsche dont le seul nom suscitait encore la réprobation autour de moi. Mon grand-père maternel, quand je lui en avais parlé, m'avait vivement déconseillé cette lecture, en me recommandant de me tourner vers Pascal. Ce faisant, il avait encore aiguisé mon intérêt d'intellectuel en herbe — si bien que j'avais choisi Nietzsche comme guide spirituel avant même d'en comprendre un seul mot. Avec le secours d'un vrai spécialiste, j'allais enfin pouvoir établir un lien entre mon admiration de principe, ma lecture confuse de *Zarathoustra* et une vague compréhension de sa pensée.

Outre ses qualités physiques et intellectuelles, ce surveillant possédait une caractéristique plus fascinante encore : *il venait de Paris.* Au moment d'entreprendre la rédaction de son mémoire, Olivier Bonnevigne avait trouvé ce job au Havre pour quelques mois et il comptait le mettre à profit pour travailler calmement pendant la semaine. Chaque week-end, il prenait le train et retrouvait sa compagne à la capitale.

Dans une ville de province, en 1975 (quand bien même il s'agissait de la « plus grande sous-préfecture française »), tout ce qui venait de Paris avait quelque chose d'intimidant. Il nous semblait bien que l'Histoire, la politique, la modernité, l'art et la pensée, toutes ces affaires importantes se jouaient là-bas, parmi les initiés qui peuplaient la grande ville, tandis que nous autres, dans les départements, formions au mieux un chœur de figurants. Ainsi marchait ce pays depuis des siècles. L'éducation qu'on recevait depuis l'enfance entretenait, en outre, l'illusion que la France inventait l'Histoire et que les soubresauts parisiens concernaient la planète entière. De celle-ci, nous n'avions qu'une vision sommaire, réduite aux groupes pop anglais, à la guerre du Vietnam et à la famine au Biafra ; mais Paris demeurait le cœur du monde. C'est pourquoi l'apparition, dans la vénérable institution Saint-Joseph, d'un Parisien à cheveux longs, d'apparence chaleureuse, et muni de son bagage intellectuel, attirait irrésistiblement tous ceux qui n'adhéraient pas au modèle conservateur de l'établissement.

En réalité, notre école privée, sous contrat avec le ministère de l'Éducation nationale, continuait d'épouser les transformations de la société avec un léger décalage. L'instruction religieuse et les offices n'étaient plus obligatoires. Quant aux idées personnelles, elles étaient parfaitement libres, à condition de ne pas faire l'objet d'une propagande éhontée. Le dernier scandale remontait au renvoi d'un professeur d'économie qui, deux ans plus tôt, avait noué une liaison avec une élève mineure... Mais elle l'avait suivi ; ils vivaient désormais ensemble, animaient une compagnie de théâtre, et leur idylle faisait plutôt rêver. Nous étions toutefois quelques-uns à vouloir entretenir une illusion de clandestinité, à nous regarder comme un groupe radical combattant l'ordre bourgeois, la réaction religieuse et, pour tout dire, l'oppression *fasciste* en vigueur à l'école. Nos ennemis désignés étaient les militants de droite, reconnaissables à leur dégaine giscardienne (cheveux soignés, jeans propres et repassés, manteaux en loden...), qui distribuaient parfois des tracts à la sortie des cours pour dénoncer la mainmise communiste sur Le Havre.

Tout naturellement, notre avant-garde révolutionnaire prit l'habitude de se retrouver en salle d'étude, lorsque celle-ci était presque vide, sur la petite estrade où officiait Olivier Bonnevigne. Loin de partager notre ferveur, le surveillant rappelait qu'il n'était pas venu préparer un soulèvement; mais il jouait assez gentiment son rôle de gourou, courtisé par des filles en fleur et des penseurs en herbe. Tandis que les autres partaient déjeuner, nous cultivions un sentiment de complicité avec ce jeune adulte cultivé, auprès duquel s'exprimait librement notre mépris pour l'établissement scolaire, et qui semblait comprendre nos passions artistiques ou politiques.

Hélène avait immédiatement repéré le nouveau venu, suivie par son amie Gabrielle — théâtreuse avant l'âge sous ses chemises de grand-mères, ses pantalons à pattes d'éléphant et ses chapeaux à larges bords qui rappelaient les photos de David Hamilton. L'une et l'autre semblaient enchantées de parler, sur un pied d'égalité, à cet homme de vingt-cinq ans qui se laissait peut-être faire parce qu'il les trouvait jolies. Le bagage philosophique d'Olivier Bonnevigne l'autorisait, en outre, à tempérer l'énergie révolutionnaire d'Hélène par quelques arguments contradictoires. Quant à moi, le cadet de la bande, je guettais les moments où notre surveillant se retrouvait seul derrière ce bureau où il exerçait un semblant d'autorité. Je lui apportais alors quelques feuilles de papier où s'alignaient mes bribes de textes sur la liberté, la générosité, la paix, le bonheur. Rêvant de combiner la pensée et la poésie, j'avais repris les brouillons de mon conte philosophique aux relents nietzschéens : le héros s'appelait Mauve (dans une inspiration hippie tournée vers les couleurs) ; comme Zarathoustra, il descendait de la montagne pour livrer son enseignement ; il rencontrait des humains et des animaux, au fil d'aventures surréalistes fortement influencées par ma récente lecture de *L'Automne à Pékin* de Boris Vian. Le tout débouchait sur un message boy-scout d'amour du prochain et de respect de la nature. La lecture de Giono et les restes de mon éducation chrétienne répondaient ainsi à la violence révolutionnaire d'Hélène.

Il me fallut toutefois déchanter quand l'étudiant en philosophie entreprit de m'expliquer la pensée de Nietzsche, fort éloignée de cette soupe pacifiste et soixante-huitarde. Il me conseilla d'approfondir la question en lisant davantage avant d'écrire. Nullement vexé, je respectais ce professeur auquel je soumettais également mes passions musicales très éclectiques. Il ironisait sur mon récent engouement pour Deep Purple dont j'adorais l'énergie furieuse jaillissant d'un solo d'orgue dans *Speed King*. En sortant de l'école, j'allais parfois fouiner dans les rayons de disques des grands magasins, où je contemplais tous les albums que je ne pourrais jamais posséder. Je lorgnais en particulier sur le double *Made in Japan* où l'on reconnaissait le chanteur du groupe, Ian Gillan, le guitariste Ritchie Blackmore et l'organiste Jon Lord emportés dans des solos enivrants et colorés. Répondant à cet enthousiasme, Olivier m'affirma n'écouter Deep Purple qu'en « passant l'aspirateur » ; et le simple fait qu'un représentant de la hiérarchie scolaire ne traitât pas le rock par la crainte ou le mépris, mais avec humour, avait quelque chose de plaisant.

Le bureau du surveillant-philosophe attirait également Pierre, l'ami d'Hélène que je connaissais mal, tant nos relations restaient cloisonnées. Pensionnaire à Saint-Joseph, celui-ci avait des heures à perdre et rejoignait souvent l'estrade d'Olivier Bonnevigne, devenue le dernier salon à la mode. Au début, Pierre m'intimidait par son allure virile et sa voix rauque. D'une rencontre à l'autre, il me sembla plus sympathique. Une forme d'insolence envers toute forme d'autorité l'avait fait renvoyer de plusieurs établissements, ce qui lui conférait un certain prestige auquel s'ajoutait un atout de taille ; car lui aussi venait de la région parisienne : ses parents habitaient Saint-Germain-en-Laye.

Dédaigneux de la province, il nous décrivait ce monde plus vaste, plus dangereux, dont nous ignorions tout. Sincère ou hâbleur, il ne manquait pas d'insister sur le fait qu'à Paris la drogue, le haschich, le LSD, l'héroïne étaient présents partout. Là-bas, dans les lycées, les junkies pullulaient, ce qui nous apparaissait comme un symbole enviable de transgression et de liberté. Ce tableau moderne soulignait davantage, par contraste, la misère de notre école provinciale qui ne comptait pas même un vrai toxicomane. Pierre fréquentait également plusieurs membres de la Ligue communiste révolutionnaire : ceux du service d'ordre, réputés pour leur fermeté — comme quoi le gauchisme savait, quand il fallait, affronter les commandos d'extrême droite ou les gros bras de la CGT. D'une conversation à l'autre, nous nous rapprochions autour de mille sujets... sauf à propos d'Hélène, tant il semblait entendu que nous avions chacun la nôtre, et qu'une rivalité n'aurait aucun sens entre le poète de quinze ans et le baroudeur de dix-sept ans.

7

Pour un jeune Français des années soixante-dix, la modernité apparaissait toujours comme *ascendante.* Même la catastrophe des deux guerres mondiales n'avait pu briser l'illusion de ceux qui pensaient construire un monde meilleur. Qu'on fût communiste ou capitaliste, l'avenir se confondait avec le *progrès.* Dans ce pays qui venait de connaître une phase accélérée de croissance industrielle (qu'on appellerait bientôt les « Trente Glorieuses »), l'avenir radieux ne semblait guère contestable. Cette perspective nourrissait les utopies révolutionnaires; elle se traduisait aussi, concrètement, par un style de vie et de consommation de plus en plus calqué sur celui des États-Unis.

Cette confiance dans l'avenir censé élargir sans fin notre horizon s'appuyait sur des symboles très concrets : le premier pas de l'homme sur la Lune en 1969, que j'avais suivi en pleine nuit sur le téléviseur de mes grands-parents; le lancement des vols supersoniques qui permettraient au Concorde de relier Paris à New York en trois heures et demie... Même les événements de mai 1968, tout en bousculant l'ordre établi et la « société de consommation », étaient venus s'ajouter au projet global : inventer une société où chacun travaillerait moins et vivrait mieux grâce à l'essor continu de la production.

Il me semble aussi que la phase *descendante* de la modernité commença dans ces mêmes années — et peut-être précisément en 1973, lors du « premier choc pétrolier », cause ou prétexte qui devait bouleverser profondément notre conception du monde. Du jour au lendemain, la « crise » était devenue le thème central du discours économique et politique, accompagné de son corollaire : cette fameuse « sortie du tunnel » régulièrement annoncée sans jamais survenir. Une autre logique s'installait peu à peu en Occident : celle de la réduction des effectifs et de la réduction des coûts; celle de l'effort nécessaire pour rebondir, mais toujours insuffisant avant d'exiger des renoncements supplémentaires; celle de la montée du chômage et de la remise en cause des « acquis sociaux » que la période précédente avait prétendu généraliser; celle aussi de la fin des illusions révolutionnaires, désormais classées par l'intelligentsia comme trop violentes et forcément vaines.

Après le temps de l'expansion sans limites se dessinaient pour la première fois les limites de l'expansion, touchant aux symboles mêmes du progrès. L'avion supersonique ne résisterait pas aux guerres commerciales qui jugeraient finalement plus rentable d'arpenter le globe *moins vite*, en entassant les humains dans d'énormes fourgons des airs. Et, si les premiers pas de l'homme sur la Lune avaient matérialisé un projet extraordinaire, il semblerait bientôt clair que nous ne franchirions jamais les confins du système solaire, déjà bien trop vaste pour nous. L'exploration infinie deviendrait le domaine réservé des films de science-fiction. Le progrès réel se reporterait tout entier sur la miniaturisation : celle des puces et de l'ordinateur personnel, aux magies incontestables, mais un peu plus mesquines dans leur fonction d'organiser la vie quotidienne, de communiquer à distance et de réduire encore le coût du travail. Le temps des rêves ferait place au temps des peurs : aux cataclysmes de l'économie mondiale, comme à ceux de la surpopulation, aux ravages écologiques et aux épidémies incontrôlables — bref, au sentiment général de foncer dans le mur.

On a toujours le sentiment de vivre « entre deux époques » — celle qui nous précède et celle qui commence; mais certains changements sont plus marquants que d'autres. Or ce moment précis où je commençais à devenir un homme coïncida peut-être avec un point de basculement historique : parce que, en 1975, l'idée du progrès infini subsistait comme le mythe dominant, mais que le thème de la crise et du déclin se faisait chaque jour plus présent, annonçant ce dépérissement de la modernité entrevu déjà par quelques esprits avisés.

Pour l'heure, la ville de mon enfance conservait la solidité un peu triste du modernisme d'après-guerre : une froideur urbaine, un manque d'animation qui pouvait faire songer aux cités soviétiques. Sur ces boulevards de béton armé, la province restait la province, avec ses pauvres bistrots de quartier, ses magasins fermés de midi à quatre heures, ses habitants qui toisaient les cheveux longs comme un signe de mauvaise vie (« Si je t'embauchais dans mon entreprise, je t'obligerais à les couper », m'avait assené un oncle de mon père, grossiste en sanitaires). Aux beaux jours, sur le parking de la plage, les jeunes « loulous », affublés de vestes en jean mal coupées, faisaient tourner leurs pétoires ; ils déambulaient en maillots de bain kangourou parmi les baraques à frites. Entièrement vouée au travail, aux usines Renault et à la Compagnie française de raffinage, la ville s'éteignait à sept heures du soir. Le long des boulevards déserts, on n'entendait plus que la pluie crépiter et le vent s'engouffrer d'un immeuble à l'autre.

La rencontre d'Hélène m'avait ouvert des perspectives inconnues. Sur les trottoirs humides de l'avenue Foch, je rêvais d'avant-garde et de poésie ; puis j'admirais à l'entrée du port le ballet des navires chargés d'approvisionner la France en pétrole brut. D'un côté, le monde industriel me semblait révoltant par son organisation sociale et son vandalisme ; de l'autre, j'aurais aimé que ma ville soit plus importante encore, plus centrale, plus moderne, même sur le mode de la pollution pétrochimique. Je suivais la progression du trafic du Port Autonome, et son classement parmi les grands ports européens. À l'âge de douze ou treize ans, j'avais dévoré des articles qui promettaient à la France une croissance fabuleuse ; puis j'avais entrepris de dessiner les vastes plans qui refaçonneraient l'agglomération havraise comme une métropole futuriste, avec ses quartiers résidentiels et ses zones d'activités séparés par mes instincts totalitaires. La crise pétrolière venait tout juste de sonner la fin des illusions ; un retournement de tendance orientait pour la première fois le trafic du port vers le bas. La ville avait atteint sa population maximale au recensement de 1975. Elle ne cesserait plus de diminuer, tandis que la campagne se couvrirait de lotissements et que Le Havre s'adapterait peu à peu aux nouvelles normes mondiales.

Aujourd'hui, la pluie tombe toujours, avenue Foch, mais elle n'arrose plus cette résignation normande, terne et laborieuse. Nous avons cessé de croire au progrès, mais les teenagers havrais glissent sur des planches colorées, dans des vêtements amples aux marques voyantes ; ils jouent au basket dans des équipes métissées, et s'approchent parfois pour vous provoquer sans quitter leur radieux sourire. Tandis que je me remémore avec nostalgie mon adolescence, la ville d'aujourd'hui semble étrangement moins complexée que celle où je vivais alors. Des années de chômage et de désindustrialisation n'ont pu empêcher que la population paraisse *mieux dans ses baskets*. Le front de mer a perdu son côté bidonville-les-flots, pour se transformer en promenade élégante, avec ses *lounges* et ses bistrots à tapas où le réchauffé se vend cher. Le centre du Havre est plus animé ; on y retrouve les mêmes enseignes qu'à Paris ou à Tokyo. Le complexe de la province semble avoir disparu, comme si tout se ressemblait davantage à l'issue de plusieurs décennies de crise ; comme si les contrastes de la géographie n'avaient cessé de s'atténuer tandis que prenaient fin les illusions de l'Histoire.

8

De retour dans ma chambre, je m'asseyais devant une feuille blanche en me répétant : « Je suis écrivain. » Jetant un coup d'œil par la fenêtre vers les tours de la Porte Océane, je cherchais un détail, une idée, un mot suspendu dans le ciel pour entamer une nouvelle séance d'écriture. J'espérais saisir immédiatement l'inspiration : des mots sublimes allaient s'écouler dans un flot d'encre noire prêt à recouvrir ma page. Selon la règle que je m'étais fixée, tous ces morceaux jaillis de la plume et de l'inconscient devaient rester absolument dépourvus de sens. Seule cette condition me permettrait d'atteindre une beauté nouvelle; mais le mystérieux enchantement restait souvent inaccessible.

Jour après jour, la pile de textes commençait pourtant à s'épaissir. Mon but, pour l'heure, était de composer un volume de poésie en alternant les genres, les longueurs, les styles. Par instants je succombais à l'influence de Prévert dont les *Paroles*, présentes dans toutes les bibliothèques françaises, offraient un modèle poétique saisissant pour la chanson, mais un peu sommaire pour la littérature avec ses portraits d'enfants rêveurs, d'adultes méchants et d'oiseaux libérés. Suivant son exemple, je cherchais une idée dans la salle de classe dont je m'échappais par les mots :

Le corps d'une danseuse
S'élance sur la courbe
D'une fonction rêveuse
Que je trace au tableau

Je préférais toutefois Mallarmé et les symbolistes pour leur vocabulaire coloré, plein de raffinements et d'associations étranges. La lecture du *Coup de dés*, puis celle du *Bateau ivre* avaient renforcé ma foi dans le miracle du langage, quand les idées, les images et les syllabes s'épousent selon les lois d'une secrète alchimie. Comme beaucoup d'adolescents, j'étais une éponge prête à tout absorber. Facilement content de moi, j'avais l'impression, en imitant les autres, de créer quelque chose de neuf qui nourrissait mon désir de recommencer, d'aller plus loin encore et d'aiguiser ma plume ; mais ma foi dans la liberté poétique n'était jamais si palpitante que lorsque je retrouvais l'alexandrin :

Eau, cascade infinie qui coule des navires
Eau vierge monte enfin, dans le miroir se mire...

Je me sentais si assuré de ma vocation qu'après avoir rassemblé trente ou quarante textes j'entrepris de les ordonner, de les composer, de les disposer, pour transformer cette masse en véritable livre.

Chef de service au Port Autonome du Havre, mon père me dégota une vieille machine à écrire digne d'un polar des années quarante, dont les touches s'enfonçaient profondément avec un bruit sec. Pendant quelques jours, j'accomplis mes gammes sur les quatre rangées de lettres et de ponctuation ; puis je tapai l'ensemble des textes sur des feuilles coupées en deux, imitant le format des volumes vendus en librairie. Enfin, je reliai sommairement mes feuillets sous une couverture cartonnée, ornée d'un titre inscrit en gros caractères : « Les Cauchemars rêveurs ». Cet intitulé naïf résumait assez bien mes sources d'inspiration, entre la vision d'un enfer social sur une terre ravagée par l'apocalypse (« *La mer de goudron s'étend devant mes yeux, les cadavres y pourrissent, quelques cris surgissent et la main du Seigneur caresse les têtes presque mortes en les enfonçant davantage...* ») et mes penchants pour la volupté qui occupaient l'autre moitié des pages.

Le livre, naturellement, était dédié à Hélène. L'exergue, en première page, résumait ma volonté d'offrir un réconfort à cette compagne si fâchée contre la condition humaine : « À Hélène, l'amie, pour un peu de joie... » Le recueil comportait même un texte intitulé *L'Amour*, où je me représentais « *sur la place de béton, tenant la main d'Hélène* ».

Son goût littéraire, plus aiguisé que le mien, lui révéla probablement, au premier coup d'œil, le côté puéril du recueil. Touchée par ce cadeau, elle eut toutefois la délicatesse de me féliciter, sans chercher à réfréner mon idée fixe : transformer ce livre intime en livre public, susceptible d'attirer l'attention d'un éditeur.

Plusieurs fois, déjà, j'étais entré dans une galerie d'art proche de chez moi. Une femme de quarante ans, ancienne camarade d'école de ma mère, y animait un cénacle dédié aux muses. Disciple de poètes sophistiqués, peu connus en province, elle organisait des lectures de René Char. Elle avait même écrit quelques plaquettes de prose poétique éditées à Honfleur et vendues dans sa boutique — ce qui m'apparaissait comme le comble de la gloire littéraire. Lorsque j'entrais chez elle, en sortant de l'école, elle m'accueillait gentiment, pas mécontente de l'intérêt d'un aspirant poète pour ses proses délicates; mais les textes personnels que je lui glissai ne suscitèrent qu'une réaction distante et lasse, et je me désintéressai à mon tour de ses écrits. J'entrevoyais, pour la première fois, la difficulté des relations entre artistes : lorsque chacun cherche à obtenir la reconnaissance de l'autre, mais se contente de porter aux écrits adverses un intérêt stratégique.

Il me fallait viser plus haut, chez quelqu'un qui n'attendrait rien de moi et pourrait m'ouvrir tout grand les portes du succès — que je ne doutais pas de mériter dès ces premiers tâtonnements. Dans la ville du Havre, plus connue pour ses grands peintres (Boudin, Monet, Braque, Friesz, Dufy, Dubuffet...) que pour ses écrivains, un seul personnage semblait répondre à ces qualités : Armand Salacrou, auteur de pièces à succès durant l'entre-deux-guerres et intellectuel de gauche proche de la mairie communiste. On connaissait encore son nom, mais l'œuvre ne se jouait plus guère. Il s'était illustré en lançant avec son ami Robert Desnos les premiers slogans publicitaires modernes (« Marie Rose, la mort parfumée des poux »), puis en écrivant d'habiles comédies sociales agrémentées d'une touche surréaliste comme *L'Inconnue d'Arras* ou *Histoire de rire.* Pour ma propre famille, Salacrou était surtout l'auteur de *Boulevard Durand*; car cette pièce retraçait une fameuse affaire judiciaire dirigée contre un syndicaliste, Jules Durand, dont mon arrière-grand-père avait été l'avocat en 1910. Ma grand-mère se montrait irritée du peu d'importance accordé à ce dernier par l'écrivain qui semblait avoir délibérément ignoré l'engagement courageux d'un avocat de droite ! Plus récemment, mon père avait acheté les souvenirs du dramaturge :

Dans la salle des pas perdus; un ouvrage lancé par Gallimard avec fracas, car Salacrou demeurait un personnage tout-puissant des lettres françaises, président de l'Académie Goncourt.

Pour moi, jeune provincial épris de poésie, ce titre ne représentait absolument rien : le Goncourt m'apparaissait comme un label commercial associé à la période de Noël. Avec la prétention de mon âge, je comptais bien, en revanche, sur l'intérêt qu'allait manifester Armand Salacrou pour mon *œuvre*. Comme tout Havrais, je passais souvent devant l'immense demeure qu'il possédait face à la mer : la *Villa Maritime*, une folie en brique rouge conçue pour un bourgeois gentilhomme du XIXe siècle, avec ses tourelles de château de la Loire, son jardin d'hiver et sa grotte de fausses roches ouverte sur la plage. Un jour, donc, comme je venais d'offrir à Hélène le premier exemplaire des « Cauchemars rêveurs », j'annonçai à mon égérie que nous allions sonner chez Salacrou pour lui porter ce texte et lui demander conseil. J'avais rangé le second exemplaire dans mon sac en laine mauve; puis, sans aucune crainte, j'avais entraîné mon amie vers la maison de l'écrivain.

Un peu timidement quand même, en début d'après-midi, je franchis avec Hélène l'immense portail de la propriété, derrière lequel s'alignaient quelques voitures immatriculées à Paris. J'avançai jusqu'à la porte d'entrée et sonnai, anxieux. Après un silence, quelques pas résonnèrent dans le vestibule ; une femme âgée ouvrit ; elle se montra plutôt accueillante pour les deux tourtereaux qui se tenaient devant elle — deux adolescents normands couverts de taches de rousseur. Je murmurai timidement :

— Bonjour madame, je suis écrivain. Je voudrais offrir ce livre à M. Salacrou et lui demander conseil.

Loin de nous éconduire, elle se contenta de sourire, nous demanda d'attendre un moment, puis s'éloigna. Quelques minutes plus tard apparut, dans l'ombre, une grande silhouette approchant d'un pas majestueux. Le crâne entièrement chauve, c'était bien l'homme que j'avais vu plusieurs fois dans les journaux. Son visage semblait bienveillant. Il nous proposa même d'entrer un instant dans le sombre vestibule où l'on apercevait, au fond, par une fenêtre, la tache lumineuse de la mer ; puis il nous entraîna dans le jardin d'hiver, au milieu des plantes vertes, sous une vieille charpente vitrée. Aux quelques questions qu'il posa sur mon manuscrit, je me contentai de répéter mon désir unique et définitif : être écrivain. Salacrou se rappelait-il le Paris d'avant-guerre et cette habitude qu'avaient les artistes en herbe de frapper aux portes de leurs aînés ? Se montra-t-il simplement accueillant pour deux gamins havrais à la recherche d'attention ? Était-il un peu flatté que la jeunesse s'intéressât encore à lui, loin des enjeux du milieu littéraire, dans cette ville de province où il mesurait déjà la profondeur de l'oubli ?

Il prit en tout cas mon volume de poésie, promit de le lire et me suggéra de l'appeler une semaine plus tard ; puis il nous demanda si cela nous intéresserait de voir quelques tableaux. Nos yeux s'écarquillèrent devant le Juan Gris aux couleurs de bronze qui, près de l'entrée, faisait face à un Picasso. Prolongeant la visite, Salacrou nous entraîna dans un salon plus personnel où s'alignait tout un quadrillage de peintures représentant les théâtres de Paris dans lesquels ses pièces avaient été jouées — presque toutes sous la direction de Charles Dullin, l'un des premiers grands metteurs en scène modernes. Ce nom résonnait aux oreilles d'Hélène, passionnée de théâtre ; et l'écrivain semblait heureux de voir nos yeux briller devant ses trésors. Après nous avoir reconduits vers la porte, il me rappela notre rendez-vous téléphonique la semaine suivante.

Devant sa maison, la mer roulait et scintillait dans toute la largeur de cette immense baie qui va de l'estuaire de la Seine aux falaises de Sainte-Adresse. À gauche, rompant les flots, s'avançait la digue du port. Il avait vu défiler, pendant un siècle, tout ce que le monde comptait d'artistes, d'écrivains, de gens élégants et de simples immigrants embarquant pour New York. Pour l'heure, les quais n'abritaient plus que des marchandises. Le Havre était un centre industriel et une ville perdue à l'ouest de la France ; mais nous étions émus d'avoir découvert fugitivement cette demeure et frôlé ce monde qui nous faisait rêver lorsque nous feuilletions le *Manuel de Saint-Germain-des-Prés.* La littérature se tenait là, tout près de nous, attentive ; et je me sentais plus que jamais poète en racontant, le soir même, l'aventure à mes parents qui ne me reprochèrent pas cette intrusion audacieuse. Dans son amour de la littérature, mon père sembla même considérer le bon accueil de Salacrou comme un petit succès personnel, aussi important qu'un examen réussi ou une bonne action !

9

Dans mes relations avec Hélène, les périodes d'inquiétude et d'incompréhension suivaient presque toujours les moments de grâce et d'harmonie partagée. Peu après notre visite chez Salacrou, elle manqua une journée d'école, puis une autre. Était-elle malade ? Comme j'interrogeais notre surveillant à son bureau de la salle d'étude, celui-ci me répondit sur un ton d'évidence :

— Tu n'as qu'à demander à Pierre !

Pourquoi Pierre ? Que savait-il de plus que moi ? Cette idée m'agaçait. Évidemment, ils se voyaient, ils se chamaillaient, ils s'embrassaient. Mais je refusais d'attacher tellement d'importance à leurs étreintes, quand je touchais le cœur raffiné, musical et poétique d'Hélène.

Pierre, au demeurant, semblait lui aussi introuvable depuis deux jours. De retour chez moi, en fin d'après-midi, je finis par appeler ma camarade, espérant obtenir quelques éclaircissements ; mais je tombai sur la voix de sa mère, furieuse et presque agressive. Elle semblait fâchée contre tous les amis de sa fille qui faisait n'importe quoi, séchait les cours et qui l'avait même insultée. De toute façon, elle était encore sortie. Je bredouillai quelques mots d'excuses avant de raccrocher.

Le lendemain matin, ma bien-aimée n'apparut pas davantage à Saint-Jo. À midi, prétextant un rendez-vous avec un ami pour échapper au repas de famille, je décidai d'aller directement chez elle. Presque chaque jour, elle rentrait pour déjeuner, profitant de l'absence de sa mère qui travaillait. Je grimpai deux à deux les marches de l'immeuble en brique rouge, édifié sur les ruines du Havre à la fin des années quarante. Je sonnai... Après quelques secondes, je reconnus derrière la porte la voix d'Hélène et son timbre de garçonne :

— Qui est là ?

Me sentant vaguement coupable d'indiscrétion, je répondis :

— Heu... c'est moi.

Je redoutais qu'elle ne se fâche; mais elle marqua encore un temps d'étonnement avant de demander, sur un ton presque amusé :

— Qu'est-ce que tu fais ici ?

Sa voix ne semblait pas hostile comme si je la dérangeais. Elle entrouvrit la porte et je vis d'abord ses yeux éclairés par une flamme de bonheur sensuel; puis je remarquai sa tenue débraillée, ses cheveux emmêlés, son corsage chiffonné, tout un désordre qui me mit mal à l'aise — comme si un ouragan venait de dévaster l'appartement où nous causions habituellement de littérature en écoutant les *Préludes flasques* d'Erik Satie. Hélène m'entraîna alors vers le salon où j'eus la surprise de reconnaître Pierre, chemise entrouverte, le visage un peu rouge lui aussi, mais toujours assez rigolard pour m'accueillir de sa grosse voix :

— Ça va, mec ?

Devant ce camarade au torse viril, je me sentais en vérité plus enfant que « mec » ; mais je me demandais surtout pourquoi Hélène pouffait de rire, dans ce nuage de fumée qui envahissait la pièce. Où était l'urgence de la poésie ? Et nos débats enflammés sur la révolution ? Pourquoi semblait-elle se moquer de tout, à présent ? À l'évidence, quelque chose m'échappait ; quelque chose de charnel qui les liait tous deux, sans rien de commun avec mes préoccupations. Je hasardai quelques questions sur leur absence du lycée, les jours précédents. À nouveau, une exaltation joyeuse illuminait le visage d'Hélène qui répondit, comme si toute la raisonnable organisation de sa vie n'avait constitué qu'une façade :

— Tout ça, c'est fini. Je crois que je vais quitter cette vieille conne (elle parlait de sa mère) et chercher du boulot.

Sa décision me semblait absurde et trop rapide, mais que pouvais-je y comprendre ? J'étais le témoin d'une vie dont j'ignorais presque tout. Pourtant, je n'éprouvais toujours pas la moindre jalousie, comme si cette aventure érotique, agitée, tumultueuse, entre Hélène et Pierre, restait trop éloignée de mes préoccupations pour m'affecter vraiment. Je finis donc par m'en aller, désolé, en espérant retrouver l'autre Hélène pour de nouvelles promenades poétiques.

10

Quelques semaines avant les vacances d'été, une grande soirée fut organisée à Saint-Joseph dans le cadre des « 10 % éducatifs et culturels » — un nouveau programme du ministère de l'Éducation nationale, conçu pour insérer un moment de créativité dans les activités scolaires. Les élèves étaient invités à présenter leurs travaux théâtraux, musicaux, picturaux, au cours d'une exposition et d'un spectacle. Dans mon orgueil de jeune poète dédaigneux de l'ordre scolaire, j'avais aussitôt repoussé toute idée de participation : un écrivain d'avant-garde n'avait que faire de ce patronage ; quant au piano, je manquais d'assurance pour me produire en public.

Je fus donc assez surpris de découvrir qu'Hélène, de son côté, figurait au programme du spectacle où elle allait interpréter le *Prélude et fugue en* ré *mineur* du *Clavier bien tempéré.* Après les jours d'absence qui lui avaient valu un avertissement, ma bien-aimée semblait suivre à nouveau, obstinément, le but qui l'avait conduite dans cet établissement privé : elle y préparait ses examens afin d'entamer des études de musicologie; pour les mêmes raisons, elle travaillait sérieusement son piano et souhaitait mettre à profit toute occasion d'exercer ses talents. Ce choix ne l'obligeait aucunement à fréquenter la collectivité catholique et bourgeoise — celle qu'il nous faudrait passer par les armes, sitôt la révolution éclatée.

Le soir venu, impatient de l'entendre, je me rendis à la chapelle de l'école transformée pour l'occasion en salle de concert. Dans ce bâtiment en béton armé, sous la lumière bleue et rouge de vitraux abstraits, se pressait une foule d'élèves, de parents et de professeurs. Afin d'échapper à leur masse endimanchée, je grimpai à la tribune presque déserte qui offrait une vue plongeante sur la scène aménagée devant l'autel. Après le discours d'ouverture et un petit morceau de théâtre, je vis enfin s'avancer Hélène vêtue d'une jupe et d'un chemisier, les cheveux noués, l'air d'une collégienne extraordinairement sérieuse. Elle salua, s'assit au piano et attaqua le *Prélude en* ré *mineur*. Ses doigts rapides semblaient se jouer des traits et accords brisés. Au milieu de la pièce, pourtant, sa mémoire lui fit prendre un mauvais chemin et elle dut s'interrompre devant le public angoissé. Sans hésitation, elle reprit le morceau depuis le début et poursuivit brillamment jusqu'au terme; après quoi la fugue, dominée par une même technique impeccable, se conclut sur un tonnerre d'applaudissements. Les élèves et les professeurs qui, habituellement, ne comprenaient guère cette fille insolente découvraient l'étonnante dose de rigueur associée à son tempérament.

Dès qu'Hélène eut fini de jouer, je redescendis de la tribune et me précipitai vers la porte de la sacristie, transformée en loge pour les participants au spectacle. Fier du succès de mon idole, je n'aurais pas détesté qu'on nous aperçoive ensemble, ce soir-là, comme un couple d'artistes — couple chaste sans doute, ce qui n'avait aucune importance, du moment que je pouvais marcher près d'elle et la frôler tendrement comme son « ami de cœur ». Mon sentiment pour elle n'était pas exactement platonique : ce désir de sensualité frissonnante voulait simplement rester à la surface des choses ; il supposait l'effleurement et la suggestion plutôt que l'affrontement et l'étreinte. Dans cette nuit de printemps où Hélène venait de subjuguer une salle entière, je rêvais de donner en exemple l'image raffinée de notre liaison poétique.

Mais j'arrivai trop tard. Tout au fond de la sacristie, elle était déjà prise en charge par son amie Gabrielle qui semblait l'assister, tout en la protégeant des intrus. En les découvrant ensemble, il me sembla que se déroulait à nouveau l'une de ces intrigues mystérieuses auxquelles je n'avais guère accès et qui occupaient l'autre partie de la vie d'Hélène. Ma dulcinée eut bien un regard de joie en m'apercevant, puis en écoutant mes compliments ; mais son attention retomba rapidement pour se tourner vers cette amie, avec laquelle elle reprit une conversation faite de mots brefs et d'allusions. Elle finit par m'avouer qu'elle ne pourrait pas rester avec moi, ce soir ; puis elle s'éloigna vers la sortie de l'école au côté de sa confidente, me laissant seul dans la cour de récréation.

Étais-je vraiment le partenaire privilégié d'une relation exceptionnelle ? Le lendemain matin, Hélène manquait encore l'école et je n'y comprenais plus rien. À l'heure du déjeuner, le téléphone sonna. Ma mère décrocha, puis m'appela d'une voix qui se voulait neutre mais où j'entendis sa désapprobation :

— C'est Hélène !

Elle ne put s'empêcher d'ajouter :

— Ne sois pas trop long, on est à table.

Elle n'aimait guère cette personnalité farouche qui accaparait toute mon attention. Elle la trouvait trop vieille pour moi, trop intellectuelle, trop politique. Du coup, je n'évoquais presque jamais son nom. Mais, cette fois, je n'eus guère besoin de dissimuler notre conversation tant l'échange fut bref : Hélène voulait me voir à six heures, au Bistrot. Je m'efforçai d'en savoir plus ; elle se contenta de raccrocher.

Je m'étais déjà rendu avec elle dans cet antre où se retrouvait tout ce que Le Havre comptait de jeunesse baba cool. La première fois j'avais éprouvé un mélange de crainte et de fascination, comme si j'accomplissais un geste interdit. Mes parents n'auraient guère aimé me voir dans cette salle sombre et enfumée qui entretenait au cœur de la ville un léger parfum de dépravation. Quelques photos de stars américaines décoraient les murs ; sur la platine tournait un disque des Doors. La jeunesse branchée qui fréquentait ce lieu n'était sans doute pas très dangereuse ; elle comportait son lot de passionnés de voile qu'on reconnaissait à leurs pulls marins et à leurs peaux tannées ; mais le Bistrot, avec ses odeurs d'encens et de patchouli, ses cheveux en désordre, ses amoureux de vingt ans enlacés aux tables obscures, demeurait sulfureux pour la norme provinciale.

Hélène y avait ses habitudes et je l'avais suivie de plus en plus souvent, ces derniers mois, avec mon air volontairement débraillé et ce sac en laine où traînait mon *Anthologie de la poésie française.* Le patron et son oncle — efféminé et chaleureux — m'avaient pris en sympathie. J'étais donc revenu tout seul, dépassant les préventions parentales contre ma croissance trop rapide. Installé à une table, je commandais un café et faisais semblant d'écrire, tout en observant le jeu des clients parmi lesquels se cachaient, disait-on, des trafiquants de haschich. Du coup, chaque conversation à voix basse, chaque sortie aux toilettes semblait chargée de clandestinité. L'heure pourtant n'était pas à la plaisanterie. Hélène voulait me dire quelque chose de grave ; et j'en eus la confirmation dès mon arrivée en l'apercevant assise, le visage sombre.

Je m'installai timidement. Sans s'attarder aux formules de politesse, elle m'annonça qu'elle était enceinte de Pierre. La confirmation était tombée deux jours plus tôt. N'ayant aucune intention de garder cet enfant, elle en avait parlé à sa mère qui, pour une fois, avait bien réagi. Elle irait prochainement avorter en Angleterre ; car la loi qui légalisait l'interruption de grossesse, votée quelques mois plus tôt, ne s'appliquait pas encore sur le territoire français.

J'ai toujours tendance à minimiser les catastrophes. Dans ma volonté de ne rien dramatiser, je ne suis pas certain d'avoir parfaitement compris ce que représentait, concrètement, pour une fille de dix-sept ans, le fait d'aller subir à l'étranger une opération pénible, dans une atmosphère de secret. Je devinai toutefois, au ton de sa voix, que cette affaire allait modifier ses projets, comme elle me le confirma presque aussitôt :

— Je ne retournerai pas non plus à Saint-Jo. C'est trop compliqué maintenant. À la rentrée, je ferai des petits boulots, et je continuerai à préparer mon bac par correspondance.

Hélène s'exprimait avec détermination. Pas plus qu'elle, je n'attachais d'importance morale à l'avortement ; mais il manquait une clé pour m'y retrouver. Qu'allait-elle faire de Pierre ? Cette histoire allait-elle les rapprocher ou les éloigner ? Selon les usages en vogue, autrefois, dans les familles chrétiennes, il aurait dû l'épouser discrètement, tandis que les familles auraient élevé l'enfant. Tel n'était pas du tout le point de vue d'Hélène ni de sa mère, bien décidées à faire ce qu'il fallait pour éviter à cet embryon une existence difficile. Je finis par demander timidement :

— Et Pierre ?

— On a parlé. Il a été correct. Ses parents moins. En bons bourgeois de Saint-Germain-en-Laye, ils veulent bien payer, à condition de ne s'occuper de rien. On a décidé de ne plus se revoir.

Elle avait prononcé ces mots sans émotion, ce qui me surprit malgré tout. Sans vraiment me l'avouer, j'avais toujours supposé que les ébats sexuels devaient inclure une part de sentiments. À ma grande satisfaction, Hélène me confirmait le contraire. Elle se contenta de ricaner pour conclure :

— Je ne vais pas gâcher ma vie, à dix-sept ans, pour une histoire de cul.

Au fond, j'étais d'accord. Pierre n'était qu'une histoire de cul. Moi, je représentais une histoire d'amour. C'est pourquoi, d'ailleurs, Hélène m'avait convié pour tout m'expliquer. Je resterais son ami le plus proche. Notre histoire à nous allait continuer.

11

Début juillet Hélène embarqua pour l'Angleterre. Au même moment je suivais ma famille dans un village de vacances. Chaque été, mes parents y retrouvaient quelques amis du même milieu chrétien progressiste, attirés par les mélanges de classes sociales. Avec mes quatre frères et sœurs, nous gravissions des montagnes pelées, nous visitions des églises romanes ; mais j'aimais surtout parler avec les adultes de sujets politiques ou philosophiques. Les anciennes barrières de l'âge s'effondraient ; chacun du moins voulait s'en persuader, si bien que je trouvais certaines oreilles attentives, ouvertes aux rêves et aux tourments de la jeunesse.

Mon statut de fils aîné m'autorisait également à traîner aux soirées dansantes où je commandais avec délectation une *menthe bleue*. Sur la piste, des couples dansaient le rock et le slow ; quant à moi, je m'enthousiasmais pour le cha-cha-cha, découvert par le biais d'un arrangement instrumental de *C'est si bon*. Je retournais également, l'après-midi, dans ce dancing vide où j'avais déniché un vieux trente-trois tours de Duke Ellington. Les craquements du sillon enveloppaient les cloches et saxophones de *The New East St. Louis Toodle-O*, où s'élevait un chant de trompette bouchée ; puis je réécoutais inlassablement les trois mouvements de la *Sonate pour violon et piano* de Ravel, achetée quelques mois plus tôt, et trimbalée en vacances parmi tout un fatras de romans et de manuels. Dès les premières notes, cette musique suave et dissonante, où les deux instruments semblaient se livrer bataille, me procurait une joie presque physique ; le *Blues* mélancolique et le finale tourbillonnant me conduisaient vers le royaume enchanté.

Au cours de ce séjour, je liai connaissance avec une jeune Allemande et son frère originaires de Cologne. Nous nous retrouvions dans la prairie, à l'écart du village, pour parler de musique pop, de poésie, et confronter nos expériences — la plus importante étant de savoir si l'un de nous avait déjà, un jour, fumé de la drogue. Nous restions tous trois novices en la matière et pouvions cultiver l'illusion d'une expérience merveilleuse.

Comme je devais me rendre au mois d'août en Rhénanie, pour un séjour linguistique, il fut convenu que je m'arrêterais deux jours chez mes nouveaux amis. Ils m'accueillirent à la gare de Cologne, puis m'emmenèrent en promenade à travers la ville joyeuse d'Offenbach. Je goûtai quelques verres de Kölsch, la bière locale, avant de visiter le musée d'art contemporain. Le second après-midi se déroula près du campus, où nous espérions enfin trouver un peu de cette marijuana prometteuse d'expériences nouvelles ! Mais les marchands de drogue étaient en vacances et notre initiation s'acheva par un mélange de noix de muscade pilée, de peau de banane séchée et de tabac — cocktail auquel la rumeur prêtait de puissantes vertus hallucinogènes qui ne se confirmèrent pas.

Quelques jours plus tard, je filai plus au nord dans la région industrielle de la Ruhr où je devais passer deux semaines. Un de mes oncles avait épousé une Allemande dont les parents habitaient un lotissement en pleine campagne. Je ne connaissais guère, encore, cette sorte d'urbanisme fait de pavillons juxtaposés et d'entrées privatives pour les garages. Venu d'Amérique, le modèle commençait à se répandre en Europe. Pour meubler mon ennui, je déambulais à vélo d'un village-dortoir à l'autre, poussant parfois jusqu'aux villes voisines de Krefeld ou Mönchengladbach. J'étais venu pour perfectionner mon allemand, mais je ne trouvais pas grand monde à qui parler.

Les disques étant moins chers qu'en France, j'en profitai pour acquérir le fameux *Led Zeppelin IV*, paru quatre ans plus tôt. Enfermé dans ma chambre avec vue sur l'alignement de pavillons et de garages, je le posai sur le pick-up une fois, puis deux, puis dix. Jamais je n'avais entendu un rock aussi parfait, dans son mélange de clarté formelle, d'énergie rythmique et de subtilités cachées. Dès les premières notes de *Black Dog*, la guitare saturée de Jimmy Page, dialoguant avec la voix éraillée de Robert Plant, possédait la simplicité puissante d'un *organum* antique. Dans *Four Sticks*, les musiciens mélangeaient instruments électriques et acoustiques, superposaient les tonalités, alternaient pulsations binaires et rythmes à cinq temps. Cette musique donnait du relief à la banalité. Dressé sur mon lit, avec pour seul public le chien de la maison, j'imitais les crescendos et le solo de guitare de *Stairway to Heaven* dans des postures quasi sexuelles. Comme tout adolescent mâle, je me rêvais star au fond du lotissement; et l'extase du hard rock ne me semblait pas tellement éloignée de celle que j'avais éprouvée, depuis plusieurs mois, en écoutant Debussy ou Ravel. Elle se traduisait à nouveau par ce bonheur intense, aux frontières de l'intellect et du plaisir physique, qui m'est toujours apparu comme l'une des magies de la musique, quand bien même cette conception hédoniste se voit combattue par certains esprits plus exigeants.

Devant le téléviseur du salon, M. Grevel buvait une bière, puis un schnaps, puis une bière, puis un schnaps. Sa femme, énergique et chaleureuse, assurait la fabrication d'un produit antiseptique destiné aux ouvriers des usines de la région : le *Sanifect.* Chaque semaine, un employé venait préparer cette poudre blanche dans le laboratoire situé au sous-sol. J'étais moi-même payé pour aider au conditionnement des flacons ; puis nous partions faire nos livraisons sur les routes de la plus grande zone industrielle d'Europe. Fasciné, je découvrais les aciéries de Duisbourg, ces étendues infinies d'ateliers, de cheminées, de hauts-fourneaux qui me rappelaient les visions de Jules Verne dans *Les 500 millions de la Bégum.*

J'ai toujours adoré ce genre de paysages et l'impression de folie qui s'en dégage. L'idée de vivre sur une terre de feu et d'acier me plaisait curieusement autant que les enchantements montagnards de Jean Giono. Lorsque nous quittions Le Havre par la route, je ne me lassais pas d'admirer la vision démoniaque de la Compagnie française de raffinage, ces kilomètres de tuyaux, ces torchères aux lueurs orange qui projetaient une fumée noire très grasse. Les réservoirs, les cimenteries, les industries automobiles me donnaient l'impression grisante d'habiter un des chaudrons du monde. À présent, les mêmes pulsions me faisaient écarquiller les yeux devant le paysage brûlé et grandiose des bords du Rhin.

J'y puisai aussitôt de nouvelles inspirations. Chaque soir, de retour dans le lotissement de

Viersen 12, je griffonnais quelques pages, dans un vocabulaire inventé au fil de la plume :

Le jour maintenant se termine
il se terrasse et se surode
se déribusque et s'épiflamme
il se décarpe et se décroule
en sanguinant sous la lueur...

Je devais en être là quand un coup de téléphone du Havre m'apprit la mort brutale de mon grand-père maternel. Le surlendemain, je pris la route pour assister à l'enterrement. Juste avant de partir, je trouvai au courrier un petit mot chaleureux écrit par mon aïeul quelques heures avant son infarctus. Griffonné sur une carte de l'Assemblée nationale, son message se terminait en allemand par : « *Auf Wiedersehen.* »

12

En ce temps-là, on échangeait encore de longues lettres et on guettait attentivement le courrier. Au début de l'été, j'avais envoyé à Hélène le calendrier de mes déplacements et les adresses correspondantes. Dès la mi-juillet, au village de vacances, j'avais reçu quelques nouvelles de son périple londonien. Elle me racontait que « ça » s'était bien passé... « Mais ça vieillit son monde ! », ajoutait-elle, en précisant que sa mère avait été « efficace, à la hauteur et, somme toute, extraordinaire ». De retour au Havre, Hélène apprenait l'anglais, lisait un livre par jour, et venait de dévorer une biographie d'Oscar Wilde... À peine arrivé pour l'enterrement de mon grand-père, je me précipitai chez elle pour la voir, mais personne ne répondit. Elle était probablement repartie. Deux jours plus tard, je pris le train pour les Vosges où je devais passer la fin de l'été.

Dans cette vallée perdue, à huit cents mètres d'altitude, mon grand-oncle possédait avec sa femme un ancien moulin. Autour d'eux, dans des fermes disséminées, quelques paysans poursuivaient une vie semblable en tout point à celle du XIXᵉ siècle. Ils vivaient près de leurs vaches sous d'immenses greniers à foin ; les hommes travaillaient en forêt comme bûcherons ; les femmes vendaient le lait et le fromage. L'hiver, ils patientaient plusieurs mois sous la neige, sans autre contact avec la civilisation que les passages du facteur et de l'épicier ambulant. L'amour de ce pays, associé à mes premières vacances d'enfant, avait beaucoup compté dans la formation de mes goûts et de mes rêves.

Frère aîné de mon grand-père maternel, l'oncle Albert était issu d'une famille de paysans vosgiens. Écoliers méritants de la IIIᵉ République, ils étaient montés ensemble à Paris. Maurice était devenu médecin et Albert chirurgien-dentiste ; mais son tempérament s'était surtout illustré pendant la Résistance où il avait animé un réseau et reçu le grade de capitaine. Passionné de littérature, il gaspillait ses maigres ressources dans l'achat d'œuvres complètes. Sa ferveur de vieux gaulliste ne l'empêchait pas d'adorer Céline ; et le culte de Victor Hugo ne l'éloignait pas des polars dont il nous communiquait le goût, à mon cousin Jean-René et à moi-même. La plupart du temps, il demeurait allongé sur un canapé où il alignait les réussites. Quelques cadres accrochés au mur représentaient ses décorations décernées par la France libre, la couronne d'Angleterre et le général Eisenhower. Nos soirées se terminaient par de longues parties de belote qui s'achevaient en drames, car il détestait perdre et moi aussi.

Depuis les dernières vacances, quelque chose d'autre avait changé : je commençais à me montrer provocant. Mon admiration d'enfant pour la Résistance, incarnée par ce grand-oncle, se mêlait d'une méfiance nouvelle envers de Gaulle, entretenue par le climat gauchiste où je baignais. Un jour, comme le ton montait après une partie de cartes et que mon grand-oncle lançait quelques remarques blessantes, affirmant qu'il me faudrait trente ans pour savoir jouer à la belote, je bombai le torse pour ironiser sur ce « général fasciste » disparu quelques années plus tôt. Oncle Albert voulut me frapper ; mais son geste maladroit d'homme vieillissant retomba dans le vide, me laissant un sentiment de honte.

Chaque matin, invariablement, il descendait à Gérardmer, dans la voiture pilotée par son épouse, car il voyait de plus en plus mal. Il en revenait chargé de journaux, avec une prédilection pour *Minute* et *Le Canard enchaîné*. Son côté frondeur tranchait sur le style plus bourgeois de mon grand-père qui avait mieux « réussi » son ascension en devenant chirurgien puis député du Havre. Albert, au contraire, gardait un côté mauvais garnement. Aux vacances précédentes, il s'était moqué de ma récente découverte du patchouli, le parfum des babas cool que j'appliquais sous mes oreilles : « De mon temps, c'était le parfum des putes », rétorquait-il. Il savait relativiser la question des drogues en racontant, sans vergogne, comment il avait sniffé de la « coco » dans le Paris des années vingt. Quelque chose, pourtant, avait changé. J'avais remarqué son allure si ténébreuse à l'enterrement de son frère. Pour la première fois, il m'avait paru vieux. Rentré au moulin, en ce début septembre, il demeurait morose et presque lointain.

Sa femme Rosemonde avait vingt ans de moins que lui. Ils s'étaient connus pendant la guerre où elle l'avait sauvé de la Gestapo. À la Libération, ils avaient habité la banlieue avant de quitter Paris pour les Vosges où ils vivaient heureux — quoique sans grands moyens, car oncle Albert n'avait jamais sérieusement tenu ses affaires, ni préparé sa retraite. Ils n'avaient pas d'enfants, mais ma grand-tante m'adorait. Son père avait été pianiste de cinéma; elle-même avait failli devenir musicienne et elle possédait un joli Érard sur lequel je travaillais. En ces années d'adolescence, elle acceptait toutes mes lubies. Cet été-là, par exemple, poussé par mon goût de la musique, de la poésie et de la solitude, je désirais rester trois jours à l'écart du monde, entièrement isolé dans la « grande pièce », l'ancienne étable transformée en salle à manger, chauffée par une immense cheminée. Tout à mon idéal d'ermite montagnard, j'écrirais et méditerais sans voir personne, au coin du feu, parmi les partitions, les livres et les disques. Toute la maisonnée s'était prêtée à ce jeu, malgré les railleries de mon oncle et de mon cousin. Midi et soir, ma tante entrouvrait la porte et passait mon repas sans rien dire ; puis je retournais à mes papiers.

Un matin, après le passage du facteur, elle me tendit une enveloppe à l'encre bleue dont je reconnus aussitôt l'écriture. Mes dernières lettres étaient restées sans réponse ; Hélène venait de les trouver au retour de Noirmoutier où elle avait passé la fin du mois d'août, invitée par Olivier Bonnevigne et sa jeune femme. Témoin des mésaventures de la lycéenne, notre surveillant complice était devenu son protecteur. Hélène avait mis à profit ce séjour pour prendre de nouvelles décisions. Dès la rentrée, parallèlement à la préparation du bac en candidate libre, elle comptait suivre une formation de sténodactylo au cours Pigier (j'avais vu le nom de cette école sur des panneaux publicitaires accrochés en ville). Dans mon dernier courrier, je lui avais parlé de la mort de mon grand-père, premier bouleversement du monde bien organisé de mon enfance. Elle m'encourageait à le retrouver secrètement en écoutant Chopin qu'il aimait tant et en marchant dans cette forêt vosgienne à l'ombre de laquelle il avait grandi.

D'autres pensées, pourtant, m'occupaient l'esprit quand je partais des heures entières sous les sapins, au gré des sentiers perdus que je connaissais depuis l'enfance. Je me rendais le plus souvent dans une immense clairière entourée de montagnes où j'échafaudais quelques projets d'avenir. Dans quelques années, devenu un écrivain riche et glorieux, je vivrais ici même dans un mélange de luxe et de vie pastorale. D'une promenade à l'autre, je perfectionnais mon existence future : après avoir acquis une centaine d'hectares de prairies et de forêts, je ferais bâtir sur la butte une belle maison d'architecte où j'accueillerais mes amis parmi les instruments de musique et les tableaux modernes. Plus loin, sur d'anciennes ruines, je ferais reconstruire une ferme vosgienne, afin que la vie rurale continuât exactement comme par le passé. Je me livrerais ainsi à la double passion de l'art et de la nature, dans une existence rythmée par l'amitié.

J'adorais inventer de tels scénarios avant de retrouver notre Moulin, le soir. Ainsi s'écoulaient mes journées le long des cours d'eau pleins de truites et de grenouilles, au milieu des champs où volaient libellules et papillons. Parfois, juste avant de rentrer, je m'affalais un instant dans le pré, au-dessus de chez nous ; je prenais dans mon sac l'*Anthologie de la poésie française* pour lire à voix haute une page de Verlaine ; puis je ramassais une poignée de petites fougères odorantes ; je les frottais contre mon nez et leur parfum résumait pour moi ce chant du monde et de la vie qui s'éveillait.

Interlude perplexe

L'été dernier, en vacances à Étretat, j'observais un groupe d'adolescents de bonne famille qui déambulaient devant la mer en suivant leurs horaires très décalés. Ils portaient des chapeaux, des vestes étroites et de longues chemises négligées. À minuit, ils se retrouvaient sur la plage entre filles et garçons, munis de guitares et de packs de bière. Ils s'emportaient parfois dans de grands débats, de graves conversations, sans pouvoir réfréner quelques comportements enfantins.

À la fin des vacances, dans un café au bord de l'eau, ils ont donné un concert pour leurs copains et leurs proches — principalement issus d'une néo-bourgeoisie parisienne travaillant dans les milieux de l'art, de la publicité ou des médias. Connaissant leurs parents, je suis passé les soutenir. Autour d'une batterie, d'un clavier et d'une guitare, ils jouaient avec beaucoup de concentration, mais aussi d'immaturité dans leur façon de reprendre trois fois le même morceau (le seul qu'ils connaissaient vraiment) ou d'imiter jusqu'au moindre détail certains groupes anglais qui leur servaient de modèles — eux-mêmes déjà inspirés par des groupes des années soixante. Une camarade de bain qui suivait leur prestation m'a dit que ce guitariste, au premier plan, était son fils de quatorze ans et demi. Elle voulait croire à son talent, même s'il n'était pas simple de faire la part des choses entre son jeune âge, ses études, ses pulsions artistiques et ses questionnements existentiels soudain dévorants.

En regardant sa grosse tignasse retombant sur les yeux, ses expressions candides et sa silhouette élancée, mais surtout son air si sérieux lorsqu'il grattait sur sa guitare ou s'approchait du micro, il m'a semblé alors retrouver la vérité de cet âge, tel que je l'avais également vécu. Tandis qu'il jouait, puis plaisantait entre les morceaux avec ses compères, je me suis remémoré cette éclosion soudaine de l'identité — quand notre personnalité adulte émerge de façon encore incertaine, hésitante, sensible aux moindres influences, mais déjà presque accomplie; je me suis rappelé cette seconde naissance portée par l'enthousiasme de la découverte et le sentiment d'exister, après les années larvaires de l'enfance.

À ce moment de ma vie, il me semble que j'étais le même qu'aujourd'hui : ignorant presque tout mais déjà autonome, déterminé dans mes buts et persuadé que les enjeux de l'existence ne se trouvaient plus dans ma famille. Pressé d'appréhender le monde dans sa totalité, je désirais connaître chacun des plaisirs possibles, tout en observant la société d'un œil perplexe.

*

Quelque chose, pourtant, a probablement changé; car l'adolescence, en 1975, ne représentait pas comme aujourd'hui un modèle social. Une formule usuelle la désignait plus couramment comme l'« âge bête ». Sa simple évocation recouvrait encore quelque chose de malsain lié à la transformation de la voix et du corps, à l'éveil de la sexualité, aux boutons sur le visage, aux conflits avec les parents. La jeunesse, longtemps, n'avait guère eu d'existence avant le service militaire ou le mariage qui, d'un seul coup, transformaient l'enfant en adulte responsable.

Contre cette négation de l'adolescence, héritée du XIXe siècle, les mouvements contestataires des années soixante avaient prétendu donner la parole aux jeunes, à l'égal de leurs aînés. Nos emballements politiques étaient simplistes, nos lectures mal digérées, mais la réflexion, la discussion, le débat leur prêtaient une forme de sérieux adulte. Par notre assurance de petits intellos en herbe, pleins de mépris pour les autres, nous étions pareils à n'importe quelle bande de notre âge, s'affirmant par le mimétisme; mais nous ne souhaitions en rien former une *génération* avec ses mœurs particulières. En nous rassemblant autour de certaines convictions esthétiques ou politiques, il nous semblait au contraire que nous pouvions, à quinze ans, entrer immédiatement dans la maturité, échappant à l'horreur d'être seulement des « ados » en pleine mutation.

L'idée même d'un style de vie façonné pour cette « classe d'âge » nous aurait paru détestable, quand *bien même la* culture jeune *se profilait déjà — lorsque je restais fasciné par le poster de Jimmy Page, ou que je voulais convaincre ma mère de m'offrir un blouson en jean pour coller à une certaine image. Notre allure rebelle et nos accoutrements (mes cheveux longs, mon sac en laine, ou cette façon qu'avait une de mes cousines de se vêtir toujours en noir) préfiguraient sans le savoir un marché en pleine croissance dont la presse, les marques de vêtements et les multinationales de la communication commençaient à s'emparer dans le sillage du mouvement hippie et de la pop music.*

Aujourd'hui, l'adolescent est devenu le « jeune » et s'est transformé en « cœur de cible ». Il reste, le plus souvent, étranger aux débats qui nous animaient, comme s'il avait pris la mesure de la « fin des idéologies ». Il lit peu et cherche moins à ressembler aux adultes qui, d'ailleurs, l'encouragent à rester futile et désinvolte. Les industries de la mode et du divertissement ont stylisé le modèle du teenager, *associé à la consommation de produits spécifiques : séries télévisées, marques de vêtements, groupes favoris, jeux vidéo, langage SMS, navigation en ligne, compétitions sportives, boissons sucrées, nourriture rapide. Décliné dans une multitude de variantes, ce modèle se transforme chez la plupart des « jeunes » de quinze ans en profession de foi; car cet âge possède instinctivement l'art de faire passer les phénomènes de mode pour des choix personnels, cultivés avec dédain pour les ignares qui ne les partagent pas.*

Le teenager *ne suscite plus l'indifférence des*

adultes; il ne les intimide plus comme les blousons noirs; il ne leur parle plus sur pied d'égalité comme les gauchistes. Il s'est transformé en image glorifiée par la publicité et le cinéma pour sa fraîcheur, son audace et son désir de changement — mais aussi son adhésion rapide à tout ce qu'on essaie de lui vendre, et sa force de pression pour l'obtenir. Sur les vieilles photos de classe, les lycéens posaient en costume cravate pour ressembler à leurs aînés. Ils rêvaient de devenir adultes. Aujourd'hui, tous les rebelles vieillissants rêvent de porter les T-shirts de leurs fils afin de prolonger une illusion de jeunesse éternelle, devenue le conformisme de notre époque. « Il y a moins de différence entre nous et nos enfants », s'enthousiasmait encore le père d'un des rockers, comme pour témoigner d'un réel progrès.

*

L'été dernier, à Étretat, j'observais cette bande sympathique, déambulant entre les falaises à quelques jours de la rentrée des classes. Ils portaient des T-shirts révolutionnaires, lisaient Libération, *et quelque chose d'autre m'étonnait : pourquoi, trente ans plus tard, étaient-ils toujours de gauche ? Pourquoi pensaient-ils que la lecture de* Libération *représentait par nature le changement et le progrès contre une supposée bourgeoisie réactionnaire, comme nous le pensions nous-mêmes ? Ignoraient-ils que le monde avait changé ? Que la gauche, les finances, la bourgeoisie et le changement faisaient depuis longtemps bon ménage ? Que leurs propres parents, artistes et progressistes, propriétaires de belles villas, illustraient malgré eux le système qu'ils croyaient combattre ? Pourquoi leur révolte s'accrochait-elle encore au stéréotype de l'adolescent libre et dédaigneux, dressé contre l'ordre social sous le portrait pieux d'Arthur Rimbaud — quand Rimbaud lui-même était devenu la référence obligée de tout discours artistique et intellectuel ?*

Ils étaient pourtant charmants dans leur façon de se dandiner sur des sons électriques ou de marcher devant la mer avec la souplesse de leur âge, sa fraîcheur, son énergie. Et je songeais alors que le plus important n'était sans doute pas dans leur discours, ni dans leurs goûts, mais dans le rêve qui leur traversait l'esprit ; dans cet éveil qui les portait à explorer librement, pour la première fois, les joies et les secrets de la musique, les complications de l'amour, le parfum de l'air qui les entourait, l'illusion de pouvoir inventer sa vie ; dans ce moment qui permettait aux sensibilités et aux intelligences de s'éveiller.

Ainsi étions-nous déjà en 1975. Socialement et politiquement, nous répétions déjà ce que les soixante-huitards avaient dit avant nous, et d'autres encore avant eux. Le monde moderne depuis sa naissance a toujours été en crise d'adolescence. La lutte anti-bourgeoise a toujours fait partie de la bourgeoisie. Elles ont grandi ensemble et se manifestaient déjà, à la fin du XIX*e* *siècle, chez ces enfants de bourgeois qui se moquaient de l'ordre établi et se regroupaient en « Zutistes », « Fumistes », « Hydropathes » pour mieux balayer toutes les règles de l'art. Nous autres, énième génération de cette* *société, n'avions fait que développer nos variations sur le même thème — tout en toisant d'un œil hautain ceux qui ne pensaient pas comme nous. Nos descendants feraient pareil après nous, et leur désir soudain de tout balayer ne changerait rien à l'affaire. Il ferait place, chez la plupart, au lent renoncement et à l'adaptation aux réalités. Nous étions des produits de la bourgeoisie ; et puisque nous refusions cette idée trop simple, la solution la plus courante pour échapper au dilemme consistait à tenter de devenir artistes.*

Seconde partie

Quand j'étais moderne

1

Jean-Paul avait deux yeux perçants et l'allure d'un oiseau de proie. Grand et maigre, le nez tranchant, il observait le monde comme un théâtre, où son ironie naturelle attendait l'occasion de s'exercer. Nous avions fait connaissance lors des rencontres sportives qui rassemblaient nos deux classes et nous inspiraient une même horreur. Il y avait en effet quelque chose d'atroce — quand bien même certains y trouvaient du plaisir — dans ces sorties en short à travers la ville, sous un ciel gris, jusqu'au stade voisin où l'on disputait des matchs dans la terre boueuse. Corps ingrats, jambes poilues, la réalité de l'adolescence contrastait avec l'imagerie fraîche et joyeuse que commençait à célébrer la publicité *Hollywood Chewing-Gum.* Nous nous sentions peu à l'aise en footballeurs, préférant le confort des salles de classe ou l'atmosphère enfumée de la cafétéria. Nous avions donc assez rapidement *tiré notre épingle du jeu* (ce genre d'expression imagée enchantait Jean-Paul), en nous arrangeant pour figurer toujours parmi les remplaçants.

Parfois, lorsqu'il semblait impossible d'y échapper, nous tentions de semer le trouble dans la partie de football : une parodie de mouvement social nous autorisait à remettre en cause les règles du match, à en proposer d'autres, à convoquer une assemblée générale. Nos blagues contestataires agaçaient les vrais sportifs impatients de jouer; mais nous ne cherchions pas à leur plaire et le talent comique de mon nouveau camarade me semblait irrésistible. Dès cette entrée en classe de première, il devint mon meilleur ami, apportant un antidote léger à mes passions politiques de l'année précédente.

Avec Hélène nous échangions de grandes idées sur la vie, la mort, le destin de l'humanité. Avec Jean-Paul, nous cultivions spontanément le mauvais esprit, voire le mauvais goût, en prenant pour idoles des personnages ordinaires, comme notre surveillant général, *M. Mamalle.* L'année précédente, j'avais vu ce « surgé » comme une incarnation du fascisme le plus brutal qu'il faudrait abattre par la révolution. Désormais, sous l'effet d'une révélation mystique, son nom nous fascinait autant que la rondeur de son ventre et l'implacable sérieux avec lequel il exerçait ses fonctions policières. Mon camarade observait chacun de ses traits et comportements avec une admiration béate, et nous abordions M. Mamalle avec un profond respect, faisant de lui, sans qu'il le sache, un demi-dieu.

Comme prévu, je m'étais inscrit en première « D », compatible avec ma future profession de médecin de campagne. Par ce choix, j'évitais surtout la trop sérieuse première « C » qui préparait les réussites professionnelles au prix d'un labeur intensif. L'école ne me passionnait guère et je ne souhaitais pas lui consacrer toute mon énergie, quand tant d'expériences nouvelles se présentaient.

Dès le début de l'année, j'avais récupéré chez mes grands-parents paternels un solex oublié. Jean-Paul habitait à l'autre bout de la ville, mais il possédait une mobylette et nous nous retrouvions souvent chez l'un ou chez l'autre. Il me faisait écouter les canulars téléphoniques de Francis Blanche ou *La Jota* scandée jusqu'à l'absurde par Raymond Devos; je lui passais *Les Crayons* de Bourvil et *Calcutta* de Fernandel. Depuis que j'étais un jeune intellectuel de gauche, j'aimais, curieusement, de plus en plus ces comiques populaires qui, selon le discours gauchiste, contribuaient à l'aliénation des masses. Rien dans ma conscience politique ne pouvait réfréner ce penchant spontané qui, après tout, me rapprochait de la classe ouvrière. Jean-Paul vénérait plus encore Erik Satie et son humour flegmatique qui le conduisait à ne manger « que des aliments blancs ». Nous partagions également le culte d'Alphonse Allais et des humoristes 1900 qui collectionnaient au cabaret du Chat Noir quelques précieuses reliques : le « Crâne de Voltaire enfant », ou la « Tasse avec l'anse à gauche fabriquée spécialement pour un empereur chinois gaucher ».

Depuis notre rencontre, nous nous téléphonions plusieurs fois par jour. Ma mère qui, habituellement, n'aimait pas trop ces gaspillages de temps et voyait le téléphone comme un objet réservé aux questions urgentes, supportait ces longs appels car Jean-Paul la faisait rire. Elle le préférait cent fois à Hélène, trop sombre, trop politique, et qui présentait l'inconvénient d'être une fille. Nos deux familles, pourtant, ne se ressemblaient guère. Les parents de Jean-Paul entretenaient un style de *bons vivants*. Chaque samedi soir, son père, infirmier à domicile, et sa mère retrouvaient leurs amis pour d'immenses bringues arrosées, prolongées jusqu'au petit matin — très différentes des dîners bridge de la bonne société havraise ou des conversations sur l'Évangile et la psychanalyse qui occupaient mes géniteurs. À notre tour, nous profitions des moindres sorties parentales pour organiser, entre camarades, nos propres soirées au programme ritualisé : apéritif prolongé, écoute de disques et de sketches, sorties nocturnes en solex et mobylette à travers la ville.

À Saint-Joseph, nous nous retrouvions au sein du petit groupe dissident qui s'était formé depuis la rentrée autour du « ciné-club ». Toujours pensionnaire de l'établissement, Pierre, l'ancien ami d'Hélène, avait lancé cette initiative en commençant par une rétrospective de Luis Buñuel. L'administration chrétienne n'y avait rien trouvé à redire, soit par méconnaissance du cinéaste, soit par résignation, tant il semblait impossible de réfréner l'appétit moderniste des futurs bacheliers. Dans le nuage tabagique d'une salle de classe transformée en cinéma, nous avions ainsi découvert, tournant sur un projecteur de 16 mm, plusieurs films longtemps considérés comme hautement subversifs : *L'Âge d'or*, *Los Olvidados*, *La Vie criminelle d'Archibald de la Cruz*. Ainsi s'écoulaient nos semaines en cette fin de 1975, où la perspective du « bac français », épreuve somme toute modeste, nous laissait le temps nécessaire à des occupations moins sérieuses.

Jean-Paul, mon nouvel ami, cultivait surtout la passion de la comédie. Dès qu'il montait en scène ou disait un morceau de texte, sa personnalité captait l'attention. Quelque chose dans cette allure de grande perche rappelait un peu Louis Jouvet. Animé par un sens inné de la caricature, de l'exagération, du grotesque, il savait singer les voix, les comportements physiques, ou introduire un grain de folie dans le geste et l'élocution. De mon côté, j'adorais lire des pièces modernes. J'avais dévoré *Clérambard* et *La Tête des autres* de Marcel Aymé, puis Jean Anouilh et surtout Ionesco qui m'avait subjugué par sa logique absurde. Après *Les Chaises* et *La Cantatrice chauve*, je m'enthousiasmai pour *Jacques ou la Soumission*, dans lequel tous les personnages s'appelaient Jacques : Jacques-père, Jacques-mère, Jacques-grand-père, Jacques-grand-mère.

Dépassant enfin notre réticence devant les activités officielles de l'établissement scolaire, nous avions décidé d'utiliser les fameux « 10 % éducatifs et culturels » pour monter notre propre troupe de théâtre. Une jeune femme sympathique, professeur de français, supervisait les représentations sur un ton de camaraderie. Suivant ses conseils, nous nous étions fait la main sur quelques saynètes de Jean Tardieu (*Un mot pour un autre, Un geste pour un autre*), avant de nous attaquer à Ionesco, en montant *La Cantatrice chauve*.

Le travail se déroulait chez moi, dans une pièce du sous-sol. La séance commençait toujours en retard car Jean-Paul, qui arpentait la ville comme une flèche sur sa Peugeot 103, subissait en route d'étranges imprévus dont il n'était jamais responsable : son carburateur ne marchait plus, il avait eu un accident, la police l'avait arrêté puis entraîné dans un quiproquo absurde... Qu'importe : une situation théâtrale s'intercalait forcément entre lui et nous; mais, dès qu'il arrivait, l'attention tournait autour de son jeu, de ses répliques, de ses intonations qui provoquaient des fous rires et me révélaient la différence entre talent d'acteur et récitation. De mon côté, je m'attachais à choisir les musiques de scène. Pour

La Cantatrice chauve, j'avais retenu un ensemble de Jacques Offenbach scandant à l'infini : « Pars pour la Crète. » En trouvant ce disque chez mes grands-parents, puis en écoutant ces couplets déjantés, j'avais compris quel sens musical pouvait prendre le mot « surréaliste ».

Hélène avait rejoint notre petite compagnie. Le reste du temps, elle préparait son bac par correspondance, tout en suivant sans enthousiasme sa formation de sténodactylo. Depuis la rentrée, je la retrouvais régulièrement au Bistrot, devenu notre principal point de rendez-vous. Prolongeant les détours à la sortie de l'école, j'entrais désormais dans cet établissement avec une certaine aisance — et tant pis si mes parents m'apercevaient sur le trottoir. Depuis l'été dernier, quelque chose était cependant retombé : le premier enchantement et son cortège d'émotions inconnues. Jamais plus je n'éprouverais cet émoi tout neuf d'une chanson de Léo Ferré sur la Sorbonne ; nos échanges grandiloquents sur la chasteté ou le mysticisme n'étaient plus de saison. Je me sentais un peu moins candide que l'an passé... Sauf que cette sorte d'amour entrevue lorsque je retrouvais Hélène avec Pierre, fiévreuse et dénudée, ne m'attirait pas davantage. Pour l'heure, je ne doutais plus de notre exceptionnelle amitié ; mais, si mes premiers élans avaient pu sembler ambigus, je ne songeais toujours pas à devenir son amant.

Laissant de côté les affrontements sur la révolution à venir, nous échangions nos musiques et nos lectures. Hélène m'avait également présenté à son professeur de piano qui animait l'antenne havraise de la fameuse Schola Cantorum. Impressionné, j'avais assisté pour la première fois à un « cours d'interprétation ». Mais, surtout, j'adorais rejoindre mon amie dans son appartement pour déjeuner, en m'échappant du repas familial sous un prétexte quelconque. Sa mère était au travail, et nous devisions joyeusement dans la petite cuisine où Hélène improvisait des œufs brouillés à la tomate et au camembert, tandis que je l'entretenais de mes travaux poétiques.

Après notre visite du mois de juin, j'avais rappelé Armand Salacrou qui m'avait fixé rendez-vous. J'étais retourné chez lui, plus intimidé que la première fois, redoutant un verdict sévère. Il m'avait assuré que j'avais du talent, et ces propos résonnaient comme un encouragement décisif. Mieux encore, il m'avait entraîné à nouveau dans son jardin d'hiver pour bavarder sous la verrière ; et cet homme, réputé si méchant dans le milieu littéraire, m'avait prodigué quelques conseils, à commencer par celui de lire davantage. Il m'avait recommandé la *Correspondance* de Flaubert où j'apprendrais beaucoup du travail de l'écrivain. Enfin, surtout, il m'avait invité à lui présenter mes futurs travaux ; et cet encouragement, fièrement rapporté à Hélène, avait renforcé ma détermination.

2

Ma petite sœur hurlait parce qu'on lui avait mal parlé. Elle piquait une crise de nerfs à cause de mon frère qui prenait un malin plaisir à la provoquer. Mon autre sœur filait dans sa chambre récemment tapissée de couleurs orange, où elle écouterait pour la centième fois *Alia Souza* chanté par Véronique Sanson. Mon autre frère s'en allait au tennis ou au football. Mon père était crispé, comme chaque jour à la même heure, par cette marmaille qui s'agitait autour de la table et par l'accumulation de travail et de soucis. Ma mère cachait sa nature angoissée sous des airs sereins, comme s'il n'y avait aucun problème et que la vie se déroulait dans une harmonie parfaite. L'employée de maison ne disait rien, assise comme une femme humble et discrète à la table commune, depuis que l'évolution de la société avait imposé l'idée qu'il serait indigne de la laisser manger dans la cuisine.

Est-ce le sort des fils aînés ? D'un côté, j'avais le sentiment d'inventer ma vie comme un chevalier solitaire à l'orée de chemins inconnus; mon être et mes pensées évoluaient loin de cette famille. Mais, plus platement, la réalité quotidienne était celle d'une bruyante fratrie dont je supportais mal le principe quasi socialiste selon lequel le fils aîné n'avait guère plus de droits que la fille cadette. Je me voyais prêt pour toutes les aventures; mes parents ne l'entendaient pas ainsi. Ma mère, décidément, ne prisait guère cette Hélène plus âgée que moi qui me mobilisait au téléphone, lui inspirant de nouveaux arguments : « Le téléphone, ça coûte cher! » Mon père, de son côté, m'encourageait dans mes velléités littéraires, mais il supportait mal que je lise *Best* ou *Rock & Folk*; comme si tous ces rockers hirsutes, vêtus de cuir, représentaient autant de voyous diaboliques, répugnants et fascinants. D'autres conflits éclataient à propos de ma chevelure, de mes vêtements, de mon allure entretenue de vagabond. Chaque fois, je devais assumer le combat pour imposer un état de fait qui, plus tard, permettrait à mes cadets d'avancer vers la liberté.

Mon principal allié, dans ce contexte, était l'air du temps : car mes parents, chrétiens militants, influencés par les prêtres-ouvriers et Vatican II, se rêvaient libéraux, ouverts sur la jeunesse, affranchis des barrières sociales. Mon père lui-même se laissait discrètement pousser les cheveux; il avait acheté un blouson, des disques de Joe Dassin et de Maxime Le Forestier. Allant plus loin encore, ma mère s'était inscrite au parti socialiste, au risque de choquer son milieu. Leurs anciens amis leur paraissaient trop conservateurs. Ils adoraient rencontrer des « jeunes » plus ou moins hippies; mais leur ardeur rebelle, manifeste par certains aspects, restait hésitante à la maison où ils supportaient mal de me voir sortir du rôle d'enfant sage, destiné à devenir médecin, à se marier, puis à faire des enfants.

Un détail cependant les grandissait à mes yeux, dont ils m'avaient fait la confidence comme s'ils reconnaissaient que je n'étais plus un gosse : l'un et l'autre venaient d'entreprendre une *psychanalyse*, ce qui leur donnait une note extraordinairement moderne dans leur milieu havrais de docteurs et d'ingénieurs. Je l'avais discrètement fait savoir à quelques camarades, comme pour marquer mon avantage de grandir dans une famille *libérée*. Au quotidien, cela ne changeait pas grand-chose; mes parents restaient obstinément fidèles à leurs principes. Notre éducation était largement aussi rigide que celle des milieux « de droite », souvent moins coincés dans leur morale. En outre, cette analyse leur coûtait les yeux de la tête et je supportais mal, par comparaison, de vivre continuellement fauché, au crochet de ma grand-mère, ou en faisant des gardes d'enfants — quand je ne délestais pas les fonds de poches dans les vestiaires.

Je déambulais en revanche avec une assez grande indépendance à travers la ville. À mes heures perdues, j'en profitais pour aller voir ma cousine Florence qui habitait près de chez nous, dans le quartier Saint-Vincent. Cette ancienne partie du Havre, en bordure de mer, n'a guère changé au fil du temps. On la reconnaît facilement avec son clocher sur certains tableaux de Monet représentant la plage de Sainte-Adresse. Dans mon enfance, on y voyait encore quelques filets de pêche accrochés aux murs, le long des trottoirs. Toutes les rues débouchaient sur la mer, vers laquelle dévalaient de petits escaliers. Bistrots et commerces entretenaient une atmosphère de bourg normand qui rappelait Trouville, de l'autre côté de la baie de Seine.

Revenue d'un mauvais voyage au pays de l'héroïne, Florence occupait là un appartement où elle tentait de reprendre pied après une cure de désintoxication. Nous nous étions rapprochés au cours des fêtes de famille où ses robes indiennes et ses cheveux teints au henné avaient aussitôt attiré mon attention. Les derniers frères et sœurs de mon père venaient tout juste de se marier et nous avions longuement bavardé au cours de ces nuits joyeuses où l'on pouvait traîner plus tard qu'à l'accoutumée, parmi des oncles et tantes modernes et sympathiques. Au printemps précédent, tous les cousins s'étaient encore retrouvés dans une salle des fêtes du Havre et j'avais dansé longuement le rock avec Florence.

Elle avait vingt-deux ans et je trouvais en elle une confidente. L'expérience de la toxicomanie lui conférait à mes yeux une beauté aventureuse qui la distinguait du monde ordinaire. J'avais beau savoir que cette aventure avait failli la tuer, l'idée de la drogue, des expériences extrêmes, et même de l'autodestruction conservait un attrait fascinant qui rimait avec révolte. Mieux encore, ce goût des « paradis artificiels » semblait relier, par-delà les époques, tous les poètes épris de voyages extraordinaires. L'été passé, dans les Vosges, en fouillant dans la bibliothèque de mon grand-oncle, j'avais découvert *Le Club des Hachichins* de Théophile Gautier, et j'étais resté subjugué par les visions du poète, décrivant ces « harmonies délicieuses ». Un siècle après Baudelaire et Gautier, le destin des *pop stars,* voyageurs sans retour de l'ère psychédélique, tels Brian Jones, Jimi Hendrix ou Jim Morrison, entretenait dans mon imagination adolescente l'esthétique d'un romantisme suicidaire.

Un jour, parlant avec Hélène, j'avais évoqué l'histoire de ma cousine et son visage s'était éclairé. Sa propre sœur avait connu Florence à Rouen où elles étudiaient ensemble; elles s'étaient fréquentées au temps de ces aventures dangereuses qui les transformaient à nos yeux en *héroïnes,* affranchies des lois ordinaires. De tout cela nous avions devisé en écoutant un disque de Janis Joplin. Affublée de bracelets et de colliers, la chanteuse souriait sur la pochette avec sa gueule hirsute. Mais, en fait, j'appréciais modérément cette voix malade, ces râles trop expressifs qui défiguraient *Summertime* jusqu'à l'overdose. Mon tempérament n'était pas tellement autodestructeur et ma fascination pour la drogue restait théorique, tournée vers l'hypothèse d'une jouissance extraordinaire. Je me sentais pourtant à mon aise chez Florence, tant j'avais l'impression que nous vivions l'un et l'autre en marge de la société, que cette solitude nous rapprochait et que nous pouvions tout nous dire. Mieux que quiconque, dans cette famille, je la devinais sensible à mes aspirations.

Sur la porte de son appartement, un petit bloc invitait chaque visiteur à entrer librement et à laisser un mot — comme cela se faisait en ces années babas cool. Il n'y avait d'ailleurs pas grand-chose à voler, sauf les piles de disques qui complétaient mon éducation musicale : la chanteuse Melanie, en robe fleurie, interprétait *Mr. Tambourine Man*; mais j'avais un faible pour l'ultime album des Doors, *L.A. Woman*, aux sombres accents de *soul music.* Ma cousine préférait Tony Joe White et son blues dépouillé du fond de la Louisiane. Dans ce parfum d'encens et de patchouli, je feuilletais les bandes dessinées anticonformistes, vaguement érotiques, rassemblées dans de nouvelles revues intitulées *Fluide glacial* ou *Métal hurlant.* Les auteurs se moquaient des grands personnages historiques, au gré de détournements loufoques qui me rappelaient, d'une autre façon, la fantaisie de Ionesco. *Hara-Kiri*, journal « bête et méchant », démontait allègrement toutes mes notions de morale et de bon goût. Le professeur Choron, dans ses « fiches bricolage », nous apprenait comment transporter de la soupe dans une serpillière, utiliser un « ouvre-cul de bouteille » ou fabriquer une tarte au pain pour aider les pauvres, sans trop dépenser.

Lorsque Florence rentrait, elle faisait brûler un autre cône d'encens et nous échangions des considérations sur le poids des conventions, l'étroitesse de la société, les gens que nous aimions (ceux qui nous ressemblaient, ceux qui nous comprenaient) et ceux que nous n'aimions pas (les petits-bourgeois obtus, catholiques et autoritaires). J'aimais parler avec elle un langage d'initié : évoquer telle connaissance qui se *shootait* ou se *fixait* — comme si l'usage des mots pouvait banaliser les expériences extrêmes, les rendre habituelles et presque légères, sans nécessité de passer à l'acte.

3

Aux vacances de la Toussaint, Hélène s'en alla pour une semaine à Paris. Olivier Bonnevigne, notre ancien surveillant qui préparait maintenant son doctorat de philosophie, vivait avec sa femme rue de Vaugirard, au fin fond du quinzième arrondissement. La future musicologue comptait sur ce séjour pour aller au concert, accomplir des recherches en bibliothèque, préparer ses futures études et, surtout, prendre l'air de la grande ville. Avant de partir, elle me suggéra de la rejoindre là-bas : une journée entière, un moment pour nous deux, pour le plaisir d'être ensemble, d'arpenter ces boulevards qui nous avaient fait rêver à travers les chansons et les photos de Saint-Germain-des-Prés.

Je commençai par inventer pour ma famille une petite intrigue. De plus en plus passionné de musique, je connaissais seulement quelques partitions modernes prêtées par mon professeur de piano ou achetées à prix d'or au comptoir de la maison Desforges — ancienne boutique havraise où le jeune Arthur Honegger avait édité ses premières pièces pour piano. La plupart des morceaux qui m'intéressaient demeuraient cependant introuvables au Havre, et j'expliquai à mes parents que j'irais à Paris, une journée, pour fouiner dans les boutiques spécialisées. La capitale n'était qu'à deux heures de train ; je partirais de bon matin et je rentrerais le soir même. Mon plan n'éveilla aucun soupçon.

Le jour venu, à dix heures, Hélène m'attendait sur le quai de Saint-Lazare. Elle était souriante, radieuse même sous ses taches de rousseur, vêtue d'une robe et d'un manteau, telle une Parisienne des années quarante. Un bandeau noué autour des cheveux, elle me serra dans ses bras quelques instants, comme un ami tendre, puis se contenta de me demander :

— On va se promener ?

Je la suivis alors dans les escaliers de la gare, puis sur la place du Havre jusqu'à la rue Royale où quelques feuilles rousses pendaient encore aux branches. Nous bavardions de choses et d'autres, presque légèrement, comme si la discussion avait peu d'importance en regard de notre déambulation. Hélène me raconta la joie qu'elle avait eue de retrouver Olivier et sa femme, tellement amicaux et protecteurs. Mais, tout en l'écoutant, je me sentais heureux d'arpenter auprès d'elle ce décor plein d'histoire et de poésie.

Les haltes à Paris étaient toujours trop brèves. Depuis la Normandie, tous nos voyages en train passaient par la capitale, le temps parfois d'un déjeuner chez une cousine de ma mère, ou d'une soirée chez mon oncle qui habitait Montparnasse. On repartait le lendemain matin. Ce n'étaient là que des moments fugitifs, permettant de saisir l'agitation urbaine, de lever la tête vers les immeubles de bureaux et les cinémas porno de la rue d'Amsterdam, de humer l'odeur nauséabonde du métro qui me rappelait celle des tas de fumier devant les fermes vosgiennes.

À présent, j'avais toute la journée pour flâner ; et je me contentai de suivre Hélène qui, déjà, semblait tellement à son aise dans ce décor. Nous marchions sous les immeubles haussmanniens, longeant les vitrines de grands cafés dont les terrasses couvertes s'avançaient sur les trottoirs. Après avoir traversé la place de la Madeleine, une première halte nous conduisit dans la boutique des Éditions Durand. La célèbre maison avait publié Debussy, Ravel et maints compositeurs illustres. Je fouillai quelques instants dans les bacs à partitions, malheureusement trop chères pour ma bourse maigrelette. Quelques années plus tard, le vénérable éditeur, racheté par un groupe multinational, serait remplacé par une boutique de luxe ; Durand disparaîtrait, comme toutes les maisons d'éditions musicales françaises, au rythme inlassable des fusions-acquisitions ; il n'en resterait plus qu'un catalogue en ligne et l'encaissement des droits du *Boléro* de Ravel.

Pour l'heure, tout cela nous paraissait éternel. Mieux encore : ce genre d'établissement reliait le passé au présent, dans un temps suspendu où se côtoyaient les grands artistes du début du XXe siècle, les surréalistes, les existentialistes et nous-mêmes aujourd'hui, tous acteurs de la même histoire dans ce même décor urbain. Notre promenade enchantée se poursuivit jusqu'aux terrasses du boulevard Saint-Germain où j'espérais apercevoir Jean-Paul Sartre et Simone de Beauvoir, buvant un café en prenant des notes sur leurs carnets. J'ignorais que leur histoire, dans ce quartier, était déjà lointaine. Les bistrots bon marché d'après-guerre étaient entrés déjà dans l'ère du tourisme ; mais le carrefour restait vivant avec son drugstore ouvert jour et nuit, ses librairies et ses clients fêtards qui se levaient à midi pour prendre leur petit déjeuner.

Après un croque-monsieur au comptoir d'un café, notre itinéraire se poursuivit jusqu'à la place des Vosges — dont le nom et la belle architecture me réjouissaient comme un hommage à ma région préférée. Sous les voûtes des galeries se nichaient quantité de bouquinistes et de marchands d'objets. Je farfouillai dans les casiers, avant de dénicher quelques vieux numéros du *Chat noir*, la revue d'Alphonse Allais, vendus pour un prix dérisoire. J'en achetai un pour moi, un autre pour Jean-Paul. Dix ans plus tard, ces mêmes boutiques disparaîtraient sous l'assaut des marques de vêtements et de chaussures. Pour l'heure, chaque échoppe conservait un mystère balzacien — comme celle où Raphaël de Valentin achète la « Peau de chagrin ».

Notre promenade continua par les rues du Marais ; elle se prolongea d'un quartier à l'autre, au gré de la fantaisie, jusqu'au moment de nous engouffrer dans le métro vers la gare Saint-Lazare où je devais reprendre mon train pour Le Havre. Hélène, ce jour-là, me sembla radieuse, bien décidée à entamer une vie nouvelle. Quant à moi, je ne doutais plus de notre vibrante intimité et j'en tirais un sentiment de joie. Peut-être avions-nous inventé, vraiment, une sorte d'amour qui n'appartenait qu'à nous. Plein de ce bonheur qu'elle m'avait accordé, une journée entière, je repris sereinement le chemin de ma ville natale en attendant l'heure de retourner à Paris.

4

À seize ans, je n'étais pas beau ; je n'étais pas laid non plus. Les cheveux emmêlés, les yeux clairs, le menton un peu lourd, j'avais l'air d'un jeune paysan normand à taches de rousseur. Grand de taille, plutôt jovial et ambitieux, je m'adaptais aux situations avec un brin de naïveté souligné par mes « dents du bonheur ». En cette année 1976 où la litanie de la crise (qu'on avait crue passagère) n'en finissait plus de se prolonger, une véritable euphorie s'était emparée de mon esprit pour placer au centre de ma vie la passion de l'art moderne.

Depuis que j'avais découvert Debussy, il me semblait entretenir une complicité personnelle avec ce compositeur qui disait écrire pour les « petits-enfants du XXe siècle ». Sa musique m'avait révélé des sensations inouïes, des accords denses et moelleux, des rythmes enlacés, des chants fugaces comme l'écho. J'en aimais la beauté sans drame personnel, attentive à la lumière et aux rythmes du monde, où l'humain n'apparaissait que de manière furtive : les *Pas sur la neige* du premier livre des *Préludes* me rappelaient les chemins enneigés de Claude Monet (je remarquerais bientôt avec quelle ardeur les théoriciens de la musique contemporaine combattaient d'ailleurs ce rapprochement, comme s'il y avait dans l'idée d'*impressionnisme* une forme de volupté méprisable). Je reprenais cent fois au piano la *Serenade for the Doll* dont les enchaînements harmoniques me subjuguaient. Grisé par ces découvertes, je voulais maintenant déguster chaque aspect de cet art nouveau, inauguré par Debussy puis enrichi tout au long du XXe siècle par un fabuleux cortège d'explorateurs.

J'avais alors ouvert, chez ma grand-mère maternelle, cette armoire du second étage où reposaient les vieux disques de la famille. Personne n'écoutait plus ces lourds microsillons des années cinquante, balayés par la stéréo et la haute-fidélité. Pourtant, comme je le constatai avec étonnement, les goûts de mes aïeux étaient singulièrement plus avancés que ceux de mes parents. Quand ces derniers écoutaient Beethoven et Vivaldi, la génération précédente connaissait encore ses contemporains : Stravinski, Prokofiev et tous ces compositeurs français qui, après Debussy, avaient cultivé les effets de timbres et les sortilèges harmoniques. Dans un coffret consacré aux Ballets russes, sous la baguette d'Igor Markevitch, j'étais resté subjugué par le grand crescendo de *Daphnis et Chloé* : juché sur mon lit, dans un état second, je ne jouais plus de la guitare électrique comme lorsque j'écoutais Led Zeppelin, mais je tenais la baguette de Ravel. La semaine suivante, Francis Poulenc m'avait tiré des frissons tout simples avec ses *Litanies à la vierge noire*; puis j'avais écouté en boucle *Le Sacre du printemps*, *Pétrouchka*, *Les Noces* et *Le Baiser de la fée*.

Ces jeux syncopés, ces accords savants, ces combinaisons d'instruments rares me procuraient une véritable jubilation, bien plus spontanée que celle des maîtres classiques. La magie de l'art moderne n'était pas seulement intellectuelle ni conceptuelle : elle tenait dans cette gamme de sensations fortes à laquelle chaque compositeur avait ajouté ses propres recettes. J'avais ensuite écouté Olivier Messiaen et sa *Nativité*, jouée par le compositeur sur l'orgue de la Trinité ; et je m'étais enivré de ces accords extraordinairement riches, tenus dans des durées immenses, pas très loin du style « planant » de certains rockers.

Emportant les disques par paquets entiers, je les passais inlassablement sur mon vieil électrophone. Son ampli à lampes faisait vibrer les basses et scintiller les aigus, chaque découverte m'invitant à pousser plus loin. Je supposai donc, tout naturellement, que cet art plein de fraîcheur, inventé dans les ateliers parisiens de la première moitié du XXe siècle, devait connaître encore de merveilleux prolongements. C'est alors que je décidai de m'inscrire à la bibliothèque municipale où il était facile, muni d'un justificatif de domicile, d'emprunter quantité de livres et de disques. Ce bâtiment récent, en béton et en verre, s'élevait non loin de l'hôtel de ville. Comme je le constatai dès ma première visite, des bibliothécaires minutieux y avaient rassemblé toute la culture disponible pour un Occidental dans mon genre.

Désormais, chaque semaine, fouillant dans les bacs et les rayonnages, je poussais plus loin mes recherches avec la complicité souriante des documentalistes — ravies de voir un client si assidu ; puis je rentrais chez moi chargé de sacs pleins de musique inconnue, de livres savants sur les compositeurs contemporains, la peinture nouvelle, l'architecture de l'avenir, la poésie d'avant-garde... Sitôt dans ma chambre, je parcourais ces pages à la recherche d'indices sur les dernières tendances et les artistes importants. J'avais d'ailleurs l'impression de trouver les réponses, car tous ces livres, effectivement, semblaient me dire la même chose : aujourd'hui, partout dans le monde, et spécialement en France, une vaillante avant-garde, relayant les pionniers de l'art moderne, poursuivait sa lutte contre l'obscurantisme et l'esprit conservateur.

Côté musical, plusieurs dictionnaires récents m'indiquèrent d'emblée les noms de créateurs à peine quinquagénaires, mais présentés comme les génies incontestables de notre temps. Selon les auteurs, ils se nommaient Boulez, Berio,

Stockhausen, Xenakis, et ma curiosité prit un tour plus vif encore. Aussitôt j'empruntai *Le Marteau sans maître* de Boulez qui ne semblait pas moins indispensable à l'honnête mélomane que *L'Art de la fugue.* Je restai d'abord surpris par le côté un peu guindé de cette musique : la voix d'une cantatrice sautait continuellement du grave à l'aigu, telle une Castafiore enfiévrée. Cela me semblait au-dessous des griseries spontanées de Ravel ou de Messiaen mais j'appréciai davantage les passages instrumentaux pour la belle sonorité liquide du xylorimba. Avec plus d'intérêt, j'écoutai les mélanges de piano, de percussions et de bandes magnétiques qui semblaient pulvériser la matière sonore dans *Kontakte* de Stockhausen ; et je goûtai davantage encore les glissements de cordes dans *Metastasis* de Xenakis qui possédait le sens de l'effet. De toute façon, quand bien même cet art me semblait parfois rébarbatif, des textes me rappelaient qu'il fallait *apprendre à l'écouter* : cette musique nouvelle exigeait l'éducation d'une oreille nouvelle pour révéler ses beautés qui deviendraient peu à peu naturelles — jusqu'au jour où chacun, dans les rues et sur les places, fredonnerait quelques mesures du *Marteau sans maître.*

Le sentiment d'entrer dans une communauté de pionniers avait quelque chose d'exaltant face à l'incompréhension obtuse de ma famille et aux sarcasmes de mes camarades. Leur insensibilité à ces merveilles renforçait mon sentiment d'appartenir à une élite audacieuse. Mieux encore : l'écoute continuelle des mêmes morceaux finissait par m'apporter une sorte de plaisir ; à force de les connaître presque par cœur, le moindre embryon de rythme ou de mélodie se transformait en beauté sublime, sans que je sache vraiment ce qui, dans ma fascination, relevait de l'art du compositeur ou de l'accoutumance.

Sitôt assimilées, toutes ces musiques venaient nourrir mon inspiration littéraire. Après avoir écrit mes premiers poèmes sous l'influence de Debussy, j'improvisais désormais de grandes proses arides en écoutant *Déserts* de Varèse qui donna son titre à mon deuxième recueil, dédié à Armand Salacrou, « et à toute la ville du Havre ». Il s'ouvrait par des variations sur le thème de l'absence, de l'aridité, du néant :

Je suis mort
Je suis sec
Je suis poussière...

Cette errance morbide s'achevait toutefois par une averse sur le monde asséché :

Je craquerai mes loques et l'inventerai

L'EAU

Et j'inventerai l'eau le fleuve de désert
Qui chante sous mes pas

Et j'inventerai l'eau le tambour cymbalin
des songes de fauteuil...

L'effet de répétition, cher à Charles Péguy, m'ouvrait une voie prometteuse. Pressé de connaître les derniers courants de la littérature d'avant-garde, je me rendis alors à la Maison de la Culture où se déroulait un festival de poésie contemporaine. Tout l'après-midi, j'errai de stand en stand pour découvrir les productions des écrivains de mon temps — et surtout pour repérer les noms d'éditeurs susceptibles de me publier. Mais cette société littéraire rassemblée derrière des tables manquait de séduction. Les hommes étaient barbus, chargés de sacoches en cuir ; les femmes, toutes féministes, s'emportaient dans de véhéments débats politiques. Je cherchais en vain l'esprit de mes modèles, la fantaisie de Tzara ou l'esprit halluciné d'Henri Michaux. Quant aux textes que je feuilletais, d'un stand à l'autre, s'ils attiraient par leurs collages et leur calligraphie, ils me tombaient aussitôt des mains sans apporter cette *jouissance immédiate* recommandée par Debussy.

Il en allait de même avec les romans. En cette année de première, notre programme scolaire recouvrait la littérature des XVIIIe et XIXe siècles — mais je m'étais déjà procuré le volume consacré au XXe siècle, dans cette même collection « Lagarde et Michard » qui présentait chronologiquement les grands auteurs et leurs œuvres. Toujours porté aux classements, j'avais remarqué que Proust, Gide, Valéry et Péguy occupaient le plus grand nombre de pages, comme s'il s'agissait des quatre principaux écrivains modernes. J'avais également noté que Louis-Ferdinand Céline (considéré par mon oncle Albert comme le meilleur romancier français du XXe siècle) n'apparaissait que brièvement dans ce manuel. Au contraire, l'école du « nouveau roman » faisait l'objet de maints développements qui la désignaient comme le mouvement majeur de la littérature contemporaine.

Bien qu'ils fussent encore jeunes, Marguerite Duras, Michel Butor, Claude Simon, Alain Robbe-Grillet, Nathalie Sarraute apparaissaient comme les successeurs incontournables des plus grands écrivains du passé. Comme je l'avais déjà observé pour Boulez ou Stockhausen, des spécialistes autorisés avaient inscrit d'emblée leurs noms au cœur de la grande Histoire ; et ces recommandations donnaient l'impression que la modernité se répétait sans fin, identique à elle-même. Ainsi, tous ces auteurs poursuivaient, plus radicalement encore, la rénovation du roman entreprise au début du siècle. S'efforçant seulement d'aller « plus loin » que Proust, Kafka, Joyce ou Faulkner, ils avaient aboli davantage encore la chronologie, le personnage, l'intrigue, le sens, pour concentrer toute leur attention sur l'invention d'une écriture nouvelle.

Pourtant, ces épais romans me semblaient totalement incompréhensibles. À la bibliothèque municipale, j'empruntai *L'Herbe*, *Les Gommes*, *La Modification*, mais je n'y retrouvai aucun de ces enchantements ni de ces surprises qui faisaient, à mes yeux, la saveur de l'art. Nulle vérité troublante, nulle beauté imaginaire n'accrochait mon attention pour m'entraîner d'une page à l'autre ; et l'impression s'aggrava encore dans le chapitre du Lagarde et Michard consacré à la Nouvelle Critique : toute une littérature qui semblait se contenter de commenter la littérature. Pis encore, ce manuel scolaire ne me laissait pas supposer que le roman contemporain ait pu suivre d'autres voies, en France ou ailleurs ; je préférai donc m'en retourner vers les histoires loufoques d'Alphonse Allais ou l'étrange monsieur *Plume* d'Henri Michaux.

Dans ce rapide survol de la modernité officielle, je m'arrêtai seulement à une série de photographies en couleurs illustrant le chapitre consacré au « nouveau théâtre ». L'une représentait deux hommes enfoncés dans des poubelles d'où ressortaient leurs têtes clownesques. Sur un autre cliché, une vieille femme émergeait d'un énorme mamelon, en tenant au-dessus d'elle un parasol. Quelque chose de drôle, d'étrange, d'inattendu m'avait immédiatement fasciné dans ces images. Sans plus tarder, je dévorai *En attendant Godot* et *Fin de partie* de Samuel Beckett, qui devint ma nouvelle idole. L'écrivain irlandais installé en France, présenté par Lagarde et Michard comme un des pères du « nouveau roman », possédait les qualités étrangères à ses émules : ce goût de raconter, cette fantaisie dans l'invention, cette liberté, et surtout ce rire qui exprime le plaisir de l'esprit — tout comme la volupté visuelle ou auditive prolonge le mystère de la peinture et de la musique.

5

Dans le local carrelé où scintillait une faible ampoule sous un lustre en verre blanc, la patronne s'approcha de notre table et versa deux cafés mal réchauffés. Elle prit soin de relever la cafetière trop tard en laissant le breuvage déborder dans les soucoupes, comme pour nous dissuader de revenir. Au bar, un vieux monsieur coiffé d'un béret observait la scène devant un ballon de vin blanc. Une minute plus tard, il reprit avec la tenancière une conversation sur le manque de respect des jeunes — propos allusifs mais assez clairs pour supposer qu'ils nous étaient adressés.

Tandis que le calme revenait, on entendit alors, soudain, le gloussement d'une poule résonner dans le silence. L'onomatopée retentit une fois, puis à nouveau plus longuement, roulant d'abord dans le gosier de l'animal avant d'éclater dans un aigu strident. À ce caquètement, la patronne et son client se retournèrent, furieux, dans notre direction ; mais Jean-Paul leur tournait le dos, et rien ne permettait de lui reprocher ce cri vengeur qui rappelait *Ah! les belles bacchantes* (quand Louis de Funès, dans le rôle d'un étrange commissaire de police, glousse en regardant fixement son interlocuteur chaque fois qu'une idée lui vient à l'esprit).

Nous n'étions pas aimés dans ce café minable, à deux pas de Saint-Joseph, le long d'une rue qui montait vers le quartier de Sanvic. Or l'établissement, justement, se distinguait à nos yeux par cette qualité : ce n'était pas un bistrot de lycéens. Pauvre troquet d'un faubourg du Havre, il nous permettait d'observer la vie ordinaire. Nous aurions sans doute préféré que la clientèle d'habitués nous accueille plus chaleureusement; mais cette hostilité même à notre égard augmentait notre envie d'être là et de nous montrer parfaitement polis, tout en perturbant discrètement la situation. Au temps d'Alphonse Allais, les étudiants regroupés en confréries anticonformistes (« Zutistes », « Fumistes », « Hydropathes », mais aussi « Hirsutes », « Anticoncierges », « Harengs Saurs Épileptiques ») aimaient ainsi semer le désordre en prenant pour têtes de turcs des *victimes innocentes*; ils cultivaient le goût de « l'histoire idiote racontée avec le plus grand sérieux et qui n'aboutit pas ». Bien avant Malevitch, ils avaient exposé les premiers tableaux monochromes, tout en blanc (*Première communion de jeunes filles chlorotiques par un temps de neige*), ou tout en rouge (*Récolte de la tomate par des cardinaux apoplectiques au bord de la mer Rouge*).

Dans l'état d'esprit qui était désormais le nôtre, l'idée même de retrouver les autres lycéens au Petit Village — où j'avais consommé des litres de lait-fraise l'année précédente — nous était devenue insupportable. Les habitudes de notre âge nous semblaient méprisables. En ce sens, nous partagions l'antipathie de cette tenancière pour la jeunesse, victorieusement tenue à l'écart de son bistrot (sans grande difficulté, tant l'endroit était peu avenant). Mais, puisque nous avions décidé d'organiser ici nos rendez-vous de travail, il faudrait bien qu'elle s'habitue. Le signal bruyant de mon camarade venait de le lui rappeler, tandis que nous reprenions notre conversation en suivant l'ordre du jour :

1°) Lancer le premier numéro d'une revue artistique et littéraire.

2°) Constituer officiellement notre troupe de théâtre.

3°) Prendre rendez-vous avec Mme Chapireau pour lui demander conseil.

Abordant le premier point, Jean-Paul avait étalé sur la table deux pages couvertes de propositions d'articles, et le premier chapitre de son *Essai sur la tache* : une liasse de feuilles blanches maculées de taches diverses. Pour cette revue qui devait reprendre le sillage du *Chat noir*, de *L'Anticoncierge* et autres publications de nos glorieux modèles, il avait déjà tout prévu. Plein d'admiration, je l'écoutais déployer son énergie pour ce projet collectif. Je me sentais moi-même plein d'audace, mais celle-ci ne se manifestait guère hors de ma chambre où je tapais à la machine mes ébauches de création littéraire. Au contraire, mon meilleur ami, par sa fantaisie naturelle, voulait donner corps à l'imagination dans chaque aspect de la vie quotidienne.

Aux vacances de février, il nous avait accompagnés en Haute-Savoie où mes parents louaient un gîte dans une

petite station de sports d'hiver. Nous étions serrés à huit dans ce local exigu et je supportais de plus en plus mal, alors, le confinement bruyant de la « famille nombreuse » ; mais la présence de Jean-Paul avait tout rendu plus facile, tant son instinct comique parvenait à dissiper la tension collective. Il s'était notamment pris de passion pour une commerçante de Samoëns qui parlait bruyamment aux clients, à la troisième personne, en demandant « Que veut-il le monsieur ? » ou « La dame a terminé ? ». Reprenant le même principe, mon ami se lançait dans des dialogues absurdes avec cette femme, sans qu'elle s'en aperçoive ; puis il émettait, dans la boutique, quelques-uns de ses gloussements discrets qui suscitaient les regards inquiets de la commerçante. Après n'avoir finalement rien acheté, nous ressortions joyeux de l'épicerie pour boire place du Tilleul un chocolat chaud.

Pour l'heure, des affaires plus sérieuses nous occupaient l'esprit : outre le lancement de cette revue littéraire, la création d'une vraie compagnie de théâtre nous permettrait bientôt de *voler de nos propres ailes* (cette expression le ravissait). Quant au troisième sujet à l'ordre du jour, il consistait à informer de tous ces projets Mme Chapireau, notre nouveau professeur de français. En quelques mois, nous avions sympathisé avec cette femme cultivée, amie de ma grand-mère. Un turban dans les cheveux, telle une égérie de Saint-Germain-des-Prés, elle arpentait lentement les allées de la classe en tirant sur sa cigarette et en nous parlant de Flaubert. Dans ces cours où la plupart des élèves ne s'intéressaient à rien, il était plaisant de fréquenter quelques enseignants bien choisis. Nos discussions se prolongeaient souvent après l'heure, et Mme Chapireau semblait apprécier autant la drôlerie de Jean-Paul que mon enthousiasme littéraire. Nous comptions donc sur elle pour parrainer notre revue et notre compagnie.

Après consultation des agendas et choix de plusieurs dates, Jean-Paul avala une nouvelle gorgée de mauvais café. Puis, reposant bruyamment la tasse, il lança d'une voix forte : « De qui se moque-t-on ? » (une autre formule qui lui plaisait ces derniers temps). Il tourna son visage tout rouge vers la patronne, comme pour lui faire partager notre indignation sur un sujet mystérieux, en répétant plus fort : « De qui se moque-t-on ? » Puis, au moment de payer nos consommations qui coûtaient un franc, il tendit aimablement un billet de cinquante francs à la patronne, furieuse de faire la monnaie. Elle espérait sans doute ne plus jamais nous revoir. Comment lui expliquer que nous l'aimions ? Que sa mesquinerie, son hostilité même représentaient à nos yeux l'une des formes sublimes de la condition humaine dans sa beauté dérisoire et infinie ? Comment faire comprendre à cette méchante femme que nous claquions à regret la porte de son sinistre café ?

Jean-Paul devait rentrer chez lui pour préparer un exposé de géographie. Après avoir enveloppé dans une écharpe sa tête de volatile, il grimpa sur sa mobylette, me jeta un regard cinglant et fila comme l'éclair. Quant à moi, je n'avais pas trop de travail pour le lendemain ; et, comme il faisait beau, je dévalai en solex la grand-rue qui rejoignait la mer, puis je longeai la plage en direction du port.

Les tours de la Porte Océane se dressaient sur ma gauche, à l'entrée de l'avenue Foch. Cette architecture monumentale me semblait aujourd'hui presque radieuse, bien qu'on m'eût appris à la trouver si laide. Le Havre, en ce temps-là, n'avait pas bonne réputation : grande cité ouvrière, mais simple sous-préfecture, la première ville de Normandie semblait en tout point défavorisée, sauf par la présence de la mer. Les bombardements de 1944 avaient transformé le centre-ville en champ de ruines, aussi impressionnant que Dresde ou Hiroshima. Édifiée sur ce carnage, la nouvelle ville en béton armé, où se croisaient des avenues rectilignes, avait quelque chose de stalinien que les esprits hâtifs associaient au parti communiste, installé à la mairie depuis vingt ans. La reconstruction était pourtant antérieure. Lancée peu après la Libération, elle était l'œuvre d'Auguste Perret, pionnier de l'architecture moderne désigné pour conduire cet immense chantier. Son plan, à l'évidence, avait quelque chose d'ingrat, surtout lorsque le vent marin transformait la traversée des boulevards en épreuve physique. Pourtant, sous le ciel bleu, dans la douceur du printemps qui commençait, ma ville natale semblait vouloir révéler ses vraies beautés.

Tout ce que j'avais longtemps regardé comme banal m'apparaissait sous une lumière différente. L'urbanisme géométrique s'organisait en vastes perspectives. Les tours, parallélépipèdes, jets d'eau et plantations se déployaient autour de l'hôtel de ville comme un immense jardin à la française. Dressant encore la tête, j'admirai le clocher de Saint-Joseph et sa ligne cubiste élevée dans le ciel ; mais, surtout, j'adorais cette présence de l'eau, des écluses et des bateaux, dès qu'on dépassait le monument aux morts pour longer le quartier Saint-François, son marché aux poissons et ses bars antillais.

Mon vrai plaisir, alors, était de pousser plus loin dans l'étendue portuaire. Aidé par le moteur paisible du solex, je franchissais des ponts, des voies ferrées, jusqu'aux bassins où s'alignaient les cargos pleins de « marchandises diverses ». Appuyées sur quatre jambes, les grues aux silhouettes de longs échassiers glissaient sur les rails d'un navire à l'autre ; elles puisaient dans les coques puis soulevaient la cargaison en tournoyant sur leur socle pour la déposer sur le sol. Derrière les entrepôts de café et de coton se dressaient les cylindres en béton des silos à grain. Plus loin encore, les cheminées de la centrale thermique, entourées de montagnes de charbon, projetaient leur fumée à deux cent quarante mètres dans le ciel. À douze ans, j'avais lu avec enthousiasme que ces cheminées étaient « les plus hautes de France ».

Donnant quelques coups de pédales pour relancer le solex, je passai devant la gare maritime où arrivaient autrefois les trains de Paris. Tout était fermé maintenant. Deux ans auparavant, le *France* avait accompli sa dernière escale après la décision de le désarmer, prise par le président Giscard d'Estaing. Le « réalisme économique » n'était officiellement plus compatible avec la « grandeur nationale » clamée dans les années soixante par le général de Gaulle. Oubliant le temps des paquebots, je filai plus loin entre les rails. Quelques pêcheurs, assis sur des caisses en bois, taquinaient des poissons de mer un peu défraîchis. Cinq mètres plus bas, leurs lignes accrochaient cette eau sombre qui m'inquiétait, enfant, lorsqu'on venait regarder les bateaux. La même étendue vert glauque, aux relents de pourriture salée, miroitait à présent sous le soleil. Les bassins presque déserts commençaient à prendre des allures de port abandonné, tandis que grandissaient, à plusieurs kilomètres, les nouveaux quais ultramodernes où s'empilaient les conteneurs sur d'immenses terre-pleins grillagés.

À l'extrémité du quai Johannès-Couvert, j'aimais surtout m'approcher de la « forme de radoub » n° 7, une cale sèche qui accueillait autrefois les vaisseaux transatlantiques. Le plus souvent, elle était vide et faisait penser à une cathédrale creusée dans le sol. Profonde de plusieurs dizaines de mètres, elle prenait en séchant une couleur de rouille. Le long de ses parois incurvées dévalaient quantité de petits escaliers incrustés d'algues et de coquillages. Depuis que je connaissais l'art contemporain, je regardais cette cuve immense, sa matière ferrugineuse et ses teintes orangées plongeant vers l'intérieur de la terre comme une création fabuleuse. J'admirais aussi les rouleaux de câbles épais comme des boas abandonnés sur le quai, les empilements de pneus gigantesques et tous les objets industriels livrés à la patine de l'eau, du sel et du vent. Ce spectacle me comblait. Il m'ouvrait des horizons de formes et de couleurs, comme si je vivais au cœur d'une spectacle permanent, dans cette ville-port ouverte sur le ciel et sur la mer, cette cité ravagée par la guerre où les quartiers neufs côtoyaient les faubourgs populaires d'autrefois. Alors, roulant plus loin, je prolongeais la promenade au *Quai des brumes* où l'on reconnaissait encore la vieille bourse du travail et sa cloche qui annonçait autrefois l'embauche des dockers. Ce quartier restait plein de bistrots ouvriers, comme celui près duquel Jean Gabin disait à Michèle Morgan : « T'as de beaux yeux, tu sais ! »

Retournant vers la ville en pédalant, je m'arrêtais parfois au musée des Beaux-Arts. Juste à l'entrée du port, ce bâtiment offrait de langoureuses perspectives sur la jetée, la mer et le ciel. Ma visite n'était pas longue. Sitôt entré, je me précipitais vers les tableaux de Claude Monet que je retrouvais comme des amis, témoins de ma propre évolution, et comme la source de toute beauté. Sans me lasser, j'admirais les entrelacs rose et vert de buissons sur une falaise de Pourville, cette incroyable dentelle japonaise peinte à quelques kilomètres d'ici. Balayant l'opposition de l'abstrait et du concret, cette peinture déployait toute l'imagination humaine pour saisir la simple beauté du réel. Et moi-même, depuis quelques mois, j'avais l'impression de découvrir la splendeur de toute chose.

Dans ce musée désert, parcouru seulement par quelques gardiens boiteux qui m'épiaient d'une travée à l'autre, je filais voir ensuite les toiles de Raoul Dufy, havrais lui aussi. La plus célèbre représentait un petit violon rouge ; une autre un atelier ouvert sur la mer. Ses aplats d'aquarelles ne suivaient pas les contours du dessin, mais on reconnaissait facilement, posée sur le piano, une partition de Claude Debussy, portant le nom du maître. Ainsi, tout ce que j'aimais se reliait à nouveau ; le passé épousait le présent dans ce décor familier, un œil sur la peinture, l'autre sur la digue nord près de laquelle l'étrave d'un bateau s'enfonçait dans la brume ensoleillée.

À nouveau sur mon solex, je longeai les grands murs bétonnés de la brasserie Paillette qui donnait à tout le quartier une odeur de houblon. Par la porte principale, des camions chargés de fûts entraient, sortaient ; ils se succédaient au cœur du Havre, tels les derniers vestiges d'une industrie concrète en rapport avec la vie quotidienne. Quelques années plus tard, la brasserie « fusionnerait » avec plusieurs autres — c'est-à-dire qu'elle disparaîtrait, remplacée par un ensemble de logements sans charme. Plus tard encore, à l'aube du XXIe siècle, la taverne voisine réinventerait le nom des « bières Paillette ». L'ancienne marque ferait semblant de renaître pour alimenter la nostalgie patrimoniale des vieux Havrais.

Remontant par la rue Louis-Philippe, je passai devant l'immeuble d'Hélène en pédalant; mais je ne pensais plus à m'engouffrer dans son escalier pour grimper les marches deux à deux. Nous nous retrouvions désormais au Bistrot comme deux camarades reliés par un secret, une vie antérieure qui nous avait rapprochés pour toujours. Elle continuait à préparer son bac français, mais venait de laisser tomber le cours Pigier. Les conflits avec sa mère lui gâchaient la vie, si bien qu'elle commençait à envisager de travailler, laissant en chemin ses ambitions de future musicologue. À l'inverse, je n'étais plus très sûr de devenir ce « médecin de campagne » si ardemment désiré par ma propre mère. Je voulais pousser plus loin mes connaissances artistiques, au moment où l'amie qui m'avait ouvert cette voie commençait à s'en éloigner.

6

Le printemps et l'été 1976 sont restés dans les mémoires comme un épisode climatique exceptionnel, bien avant les rumeurs de réchauffement planétaire. Cette longue saison sèche, comme un gros coup de chaleur, fut goûtée pour ses ambiances tropicales dans le nord et l'ouest de la France, plus habitués aux étés humides et frais. Les agriculteurs exigèrent puis reçurent des mesures de soutien ; mais, pour beaucoup de citoyens, le souvenir le plus marquant demeure cette restriction de l'arrosage des pelouses recommandée pour la première fois en cette nouvelle ère du pavillon avec jardin. Les problèmes climatiques ne faisaient que commencer... Nul n'envisageait qu'ils puissent s'aggraver. De même, la hausse brutale du prix du pétrole et les dérèglements de l'économie, survenus depuis deux ans, passaient pour des incidents provisoires en regard de la croissance infinie. Chacun guettait toujours la « sortie du tunnel » — selon la formule du Premier ministre

Raymond Barre. Plus tard seulement, on parlerait de « premier choc pétrolier », découvrant que celui-ci n'avait été que le début d'une longue série d'événements. En 1976, on ne voulait voir dans le ralentissement des courbes de croissance qu'un mauvais moment à passer; et dans la sécheresse un accident anecdotique.

Dès les premiers jours d'avril, le soleil jeta sur Le Havre une lumière radieuse. Sur la grande plage populaire qui s'étendait près de la digue nord, couverte d'innombrables cabanes en bois, la foule débarqua plus tôt que d'habitude. La jeunesse ouvrière des cités-dortoirs, poussées comme des champignons en bordure de la ville, se retrouvait dans les allées numérotées de cette station balnéaire de fortune, séparées par des baraques à frites. Chacun trempait les pieds dans l'eau pour se rafraîchir et, dans la chaleur du mois de mai, je tentai de bronzer sur les galets en plein soleil — déplorable idée pour ma peau de rouquin. À la fin de la journée, des plaques rouges recouvraient mes épaules, m'obligeant à rester étendu sur le ventre, la nuit entière, sans faire aucun mouvement sous peine d'atroces souffrances. Cet été torride et précoce réjouissait pourtant nos fraîches natures normandes comme un plaisir exotique.

Dans la bonne humeur générale, mes parents profitèrent de cette fin d'année scolaire pour emmener toute leur progéniture au restaurant. Ce genre de sortie, encore exceptionnelle dans une famille de province, nous conduisait habituellement une fois l'an dans une crêperie d'Étretat. Cette année-là, l'expédition prit une teinte plus méditerranéenne : nous ne connaissions guère que la cuisine au beurre, mais de nouveaux modes de restauration se diffusaient de Paris vers la France profonde et la première *pizzeria* venait d'ouvrir dans le quartier Saint-Vincent. À l'intérieur de la *Locanda*, éclairée par des lampions, résonnaient les refrains d'Adriano Celentano. Le cuisinier glissait lui-même ses pâtes blanches dans le four ardent. Ses grandes pizzas nous offrirent un premier contact avec l'Italie... avant de devenir l'ordinaire de la cuisine rapide.

Les soirées entre amis se multipliaient également. À cet âge où nous pouvions exiger une certaine autonomie, nos libations duraient de plus en plus tard, surtout lorsque les parents partaient en week-end et nous confiaient la maison, transformée en capharnaüm sous le regard enchanté des jeunes frères et sœurs. Il nous arrivait aussi de boire un verre, après dîner, dans des bars confortables du centre-ville où l'on s'affalait dans de profonds fauteuils, heureux de découvrir sur la carte une centaine de bières variées.

Inspiré par Raymond Queneau, poète havrais dont je venais de lire l'autobiographie poétique, *Chêne et chien*, je noircissais de joyeux quatrains :

Nous nous réunissions chaque samedi soir
Grue qui monte dans l'air et la brume du port
Sirène frémissante du prochain départ
Et nous riions ensemble en chantant des chansons

Ensemble nous mangions des oignons de Serbie
Au poker nous jouions dans la pièce enfumée
Moi je serai dindon quand j'aurai des enfants
Disait mon grand ami qui jasait dans son lit...

J'écrivais, j'écrivais ; mais notre revue littéraire ne voyait toujours pas le jour, et le temps radieux n'arrangeait rien. Pour le week-end de Pentecôte, Jean-Paul m'invita sur le bateau de son père. Sûr de posséder le fameux « pied marin », j'embarquai fièrement sur ce voilier de sept mètres pour une grande traversée de la baie de Seine, du Havre à Ouistreham, de Ouistreham à Deauville et de Deauville à Honfleur. Le vent était tombé ; nous marchions au moteur et je tenais fièrement la barre. La dernière soirée fut presque idyllique quand notre navire entra dans le bassin de Honfleur, égayé par l'animation de ce début juin. Les vieilles façades d'immeubles dressées autour du port prenaient toute leur beauté lorsqu'on arrivait par la mer. Jamais je n'avais imaginé qu'un tel ravissement fût à portée de voile, juste en face du Havre. Nous avions dîné sur le pont du navire, devant la foule en goguette, puis nous avions marché à la recherche de quelques souvenirs de nos bons génies : Erik Satie et Alphonse Allais, tous deux honfleurais. À la fin du XIXe siècle, ils franchissaient régulièrement ce bras de mer, quand un bateau du Havre assurait une liaison régulière entre les deux rives de l'estuaire. Après cette nuit très douce, le retour fut pénible. En ce lundi de Pentecôte, entre le ciel gris et la mer agacée, l'agitation du bateau me causa d'affreuses nausées. Trois jours de grand calme m'avaient bercé d'illusions; un seul coup de vent suffit à me faire comprendre que je ne serais jamais navigateur.

Nombre de mes camarades avaient passé leur enfance aux « Scouts marins » où ils avaient fumé leurs premières cigarettes et commencé à courir les filles. Tous ces beaux gosses à cheveux longs, le teint hâlé, se retrouvaient le soir au Bon Retour, devant le port de plaisance, où leurs conversations allaient bon train sur le vent, les coques, les focs, les nœuds, les gréements et mille autres sujets qui, dès ce premier mal de mer, me parurent désespérément ennuyeux. Ce soir-là, soulagé d'avoir posé le pied sur la terre ferme, j'observai avec dédain leurs échanges de plaisanciers, bien décidé à ne plus jamais grimper sur leurs coquilles de noix.

Quelques semaines plus tard, après le passage du bac français, j'entrai comme stagiaire au Port Autonome du Havre. À seize ans, la loi m'autorisait enfin à gagner un peu d'argent. L'obsessionnelle réduction des coûts n'était pas entrée en vigueur dans les entreprises publiques, et l'idée de « stages gratuits » n'effleurait pas encore l'esprit des comptables. Les lycéens pouvaient donc, pendant l'été, remplacer les fonctionnaires pour un petit salaire représentant plus que je n'avais jamais possédé. Ayant posé ma candidature au Port où mon père dirigeait un service administratif, je fus affecté aux « magasins généraux ». Ces entrepôts situés le long d'une écluse servaient à stocker l'outillage, les pièces de rechange et le matériel d'entretien nécessaires aux machines qui sillonnaient le port. Chaque jour, il fallait ranger les fournitures en grimpant dans les travées par des escaliers métalliques, puis les redescendre selon la demande. À sept heures trente, en bleu de travail, je retrouvais l'équipe de manutentionnaires plutôt âgés qui terminaient leur carrière à ce poste. Militants de la CGT, quelques-uns me dévisagèrent avec méfiance comme un fils de cadre ; puis leur suspicion retomba parce que j'étais discret, travailleur, et que je participais sans rechigner à la pause casse-croûte et aux conversations ouvrières.

Vers cinq heures de l'après-midi, sous le soleil au zénith, je regagnais la ville en solex. Avant de partir en vacances avec mes frères et sœurs, mes parents m'avaient confié la maison et je savourais ce sentiment de liberté. Après avoir arrosé le jardin dans la moiteur de l'été, je retrouvais Jean-Paul pour de nouvelles soirées joyeuses.

D'autres fois, je m'invitais à dîner avec mes grands-parents dans les petits bistrots du Havre où ils avaient leurs habitudes.

Fils d'un soldat tué à la Première Guerre mondiale, mon grand-père paternel avait commencé à travailler à la fin des années vingt dans l'agitation portuaire et urbaine, quand Le Havre était le royaume des négociants en bois, coton, café, qui se retrouvaient chaque jour à la bourse locale. Employé de commerce, il avait fréquenté les spectacles du grand Théâtre où passait tout le répertoire d'opéra et d'opérette, mais aussi les cabarets où se produisaient les chansonniers parisiens; puis il s'était marié et avait eu dix enfants, valant à son épouse la « médaille de la famille française ». Sous l'Occupation, il avait protégé les intérêts d'un confrère juif qui lui en avait gardé reconnaissance; ce qui n'avait pas empêché ce bon chrétien d'admirer le maréchal Pétain. Tout le contraire d'oncle Albert : résistant de la première heure et gaulliste sans tache... qui aimait les romans de Céline et ne montrait guère de sympathie pour le peuple élu ! L'histoire de France était décidément compliquée.

Après-guerre, mon grand-père avait connu quelques difficultés à joindre les deux bouts, et sa nombreuse progéniture n'arrangeait rien. Sa belle-mère, qui possédait une entreprise de travaux publics, avait fini par l'embaucher comme directeur adjoint; mais elle regardait son gendre de haut et celui-ci s'était enfoncé dans la mélancolie. Je l'avais toujours connu comme un homme triste et peu causant. À présent, d'un dîner à l'autre, je découvrais son ancienne vie, plus joyeuse, au temps du *Normandie* et de l'*Île-de-France.* De sa jeunesse dans le grand port cosmopolite, il avait conservé un certain sens de la vie urbaine, et il connaissait les bonnes tables où nous allions, en plein été, goûter les avantages de la cuisine au beurre.

Fin juillet, mon stage étant terminé, je consacrai la majeure partie de ma paye à l'achat d'une petite chaîne stéréo désormais indispensable à ma passion de la musique. À mon grand étonnement, mon père, à peine rentré de voyage, se montra furieux, comme si j'avais gaspillé le fruit de mon travail pour une dépense futile. À ses yeux, j'aurais dû mettre mon argent de côté, le dépenser parcimonieusement jusqu'à l'été suivant, ou attendre son retour pour bénéficier d'une remise. Sa réaction mesquine se prolongea dans une des colères par lesquelles il espérait parfois marquer son autorité. Il me courait après dans la maison tandis que je le provoquais sous les regards consternés des petits. Peut-être souffrait-il de me voir vivre ainsi, au gré de mes urgences artistiques, lui qui avait rêvé d'être un homme libre et un écrivain, avant d'entrer dans la vie active et d'élever une famille nombreuse. Peut-être ne comprenait-il pas l'importance qu'avait désormais pour moi la musique.

Les amis qui défilaient dans ma chambre connaissaient mieux l'énergie communicative que je mettais à leur faire partager chaque trouvaille, sélectionnant précisément les meilleurs passages d'un concerto pour trompette d'André Jolivet ou d'un lied avec orchestre de Mahler. Transmettre mes engouements musicaux était devenu mon activité favorite. Je n'aimais rien tant que sortir mon dernier trésor emprunté à la discothèque : une musique électro-acoustique de François Bayle, les hoquets langoureux de Jane Birkin sur un refrain de Gainsbourg, les canons latins avec deux clarinettes d'Anton Webern. Arrivé au passage qui m'intéressait, je montais le son puis, d'un geste, j'attirais l'attention de mes camarades sur le détail irrésistible : « Écoute bien... Là... Non, juste un peu plus loin, à la prochaine reprise... Cet accord ! Tu le sens ? » Rien ne me rendait plus heureux que de partager ce petit morceau de bonheur.

Éprouvais-je, par ailleurs, quelques préoccupations intimes ? Sans doute se manifestaient-elles parfois, mais sans véritable importance. En vérité, comme beaucoup de gens de mon âge, l'urgence du passage à l'acte me préoccupait moins que la nécessité, le moment venu, de me montrer *à la hauteur*. Il y avait dans cette vision du sexe, ainsi que dans toute notre éducation, quelque chose de boyscout et de laborieux, comme le passage d'un examen. Un soir de cet été 1976, l'occasion se présenta enfin, tandis que je traînais près de la plage avec Sylvie qui venait de rejoindre notre troupe de théâtre. Je l'aimais bien, je la trouvais jolie. Hélène la trouvait nulle; mais j'avais senti un brin de jalousie à l'idée que j'appréciais cette fille. Et puis Sylvie, au contraire d'Hélène, était toujours d'accord avec moi. Peu avant, elle m'avait offert un tableau de sa main, gravé sur bois : un couple sans visages quelque peu surréaliste.

Il faisait particulièrement chaud, cette nuit-là. L'obscurité était tombée sur la plage où l'on descendit faire quelques pas, avant de nous asseoir au milieu des galets. Le moment semblait venu. Après avoir effleuré sa main, puis posé mon bras contre son dos, nos visages se tournèrent l'un vers l'autre et j'embrassai Sylvie voluptueusement. Reprenant mon souffle, je me sentis assez satisfait : l'excitation sensuelle se mêlait au sens du devoir. Des bateaux illuminés glissaient au loin dans la baie de Seine; puis, un désir éveillant l'autre, diverses choses s'enchaînèrent assez logiquement malgré les galets qui nous labouraient le dos, faisant de cette expérience un mélange très catholique de plaisir et de douleur.

7

Au cours de l'été, je reçus plusieurs cartes postales d'Hélène qui séjournait en Italie dans la région de Spoleto. Ce n'étaient plus de longues lettres, mais quelques messages rédigés au fil du voyage. Pourtant, dès que je reconnaissais cette écriture bien dessinée, à l'encre bleue, au verso d'une photographie d'église romane ou de couvent franciscain, je me sentais heureux comme si je l'accompagnais encore sur la route.

Quelques mois plus tôt, elle avait eu dix-huit ans — l'âge de la majorité depuis 1974. Au retour des vacances, elle prit une décision importante : entamer une formation pour devenir infirmière psychiatrique. Ce métier dur, mais accessible sans diplômes, lui permettrait d'acquérir immédiatement son indépendance. L'esprit toujours en éveil, Hélène se passionnait depuis quelque temps pour l'approche des maladies mentales qui se diffusait dans le sillage de l'« antipsychiatrie ». Ces discussions l'avaient occupée longuement pendant son voyage : les jeunes Italiens, tout comme les Français, vivaient avec ferveur chaque révolution intellectuelle. Début septembre, elle entra dans un centre spécialisé du Havre, mais cette nouvelle vie, avec ses exigences, augmenta la distance qui grandissait entre nous.

Sa formation l'accaparait. Nous n'avions plus les mêmes horaires. J'étais encore un lycéen ; elle venait d'entrer dans le « monde du travail ». Pourtant, la présence d'Hélène continuait à m'inspirer, comme si je restais fidèle aux rêves qui nous avaient rapprochés, en prenant le relais de ce qu'elle délaissait en chemin : son ambition de devenir musicologue avait stimulé ma frénésie de musique ; notre promenade sentimentale sur les grands boulevards avait renforcé mon attirance pour la capitale. Quelques mois plus tôt, j'avais accueilli avec enthousiasme l'éphémère projet de mes parents qui envisageaient de s'y installer. L'affaire était tombée à l'eau, mais Paris occupait toujours davantage mes pensées.

Juste avant la rentrée, je passai quelques jours chez des cousins qui habitaient une grande villa près du parc de Sceaux. L'oncle de mon père avait fait fortune comme architecte au lendemain de la guerre. La « modernisation du logement » recouvrait alors de juteux échanges avec le monde politique et les entreprises de construction. De nouvelles cités poussaient d'un seul jet dans les espaces froids, morts, excentrés, qui deviendraient plus tard les fameux « quartiers sensibles ». Nul n'y songeait, pour l'heure, et toute une génération de « Grands Prix de Rome » s'était tournée vers cette lucrative activité pour prolonger, sans trop y croire, les utopies de Le Corbusier. Leur rêve d'artistes s'était transformé en trafic de cages à lapins; ce qui ne les empêchait pas de retrouver tout leur talent pour construire leurs propres demeures.

Avec sa femme, également architecte, oncle Henri avait ainsi dessiné cette merveilleuse maison de Sceaux aux espaces lumineux inspirés par l'architecte américain Frank Lloyd Wright. Le jardin semblait pénétrer à l'intérieur des murs; sous les arbres, une petite grille donnait directement sur le parc du château. Mon grand-oncle possédait également, dans les Hautes-Alpes, un immense chalet en mélèze qu'on aurait cru jailli de la roche et de la forêt. Vu par les cousins du Havre, son train de vie avec chauffeur paraissait extravagant. Installé dans un hôtel particulier du XVIe arrondissement, son cabinet d'architecture — l'un des plus importants de Paris — venait de superviser la construction des halles de Rungis. Dans le même temps, il avait quitté son épouse pour suivre un cheminement d'homme à femmes et d'aventurier qui le conduirait, quelques années plus tard, à une retentissante faillite.

Depuis leur séparation, tante Geneviève habitait toujours Sceaux. Elle aimait beaucoup mes parents et venait parfois nous voir au Havre où elle me fascinait par sa passion de l'art moderne, loin des références classiques de ma famille. L'année précédente, j'avais débarqué chez elle pour le mariage d'un cousin, et j'étais tombé amoureux de cette maison peuplée de jeunes gens charmants, d'oiseaux exotiques et de tableaux abstraits peints par Titus-Carmel et d'autres artistes auxquels ma grand-tante passait régulièrement commande. En cette fin d'été, je lui avais écrit pour lui demander de dormir chez elle une nuit ou deux. Elle m'avait répondu que j'étais le bienvenu. Mieux encore : quand j'avais débarqué à Sceaux, cette demeure accueillante m'avait donné l'illusion d'être intéressant. Sur un ton passionné, j'avais expliqué à mes cousins mes dernières découvertes musicales ; et je m'étais enchanté d'apprendre que tante Geneviève, quelques mois plus tôt, avait assisté aux représentations du *Polytope* de Xenakis, spectacle électronique et lumineux où s'était précipité le tout-Paris avant-gardiste.

Cette brève étape parisienne m'offrit l'occasion d'arpenter à nouveau la capitale — à dix minutes en RER par la station Parc de Sceaux. J'étais pressé de retrouver le parfum de Saint-Germain-des-Prés, laissé en suspens à l'automne. Mon nouveau plaisir consistait à marcher dans la ville sans aucun but, à lever la tête vers les immeubles, si homogènes dans leur coupe et si variés dans leur style, à m'arrêter devant les boutiques d'objets rares, à fouiller dans les librairies et chez les disquaires, en me répétant simplement : « Je suis à Paris. »

J'avais également conservé le numéro de Pierre, mon ancien « rival » dans le cœur d'Hélène. Renvoyé de Saint-Joseph au cours de l'année de première, il était rentré à Saint-Germain-en-Laye. Durant les mois précédant son départ, je m'étais lié davantage à ce camarade après les séances du ciné-club qui donnaient lieu, chaque fois, à des discussions passionnées. Le soir même de mon arrivée à Sceaux, je lui téléphonai. Ravi de m'entendre, il m'invita à passer chez lui le lendemain, en changeant de train à la station Châtelet.

Les lignes qui desservaient la banlieue ouest avaient encore la fraîcheur du neuf et les belles proportions des grands travaux d'État. En milieu d'après-midi, je débarquai dans une maison bourgeoise de Saint-Germain où Pierre m'accueillit, avant de m'entraîner vers l'esplanade boisée qui dominait Paris. Le temps d'un détour rue au Pain, où était né Debussy, il me proposa de repartir ensemble. De l'Étoile, un métro nous conduisit jusqu'à Pigalle. Puis, à la tombée du jour, nous gravîmes les pentes de la butte Montmartre où des globe-trotters du monde entier fumaient et jouaient de la guitare, assis sur les escaliers dans la chaleur de septembre.

À chaque marche supplémentaire, la cité se dévoilait avec ses toits de zinc, ses monuments et ses quartiers si harmonieusement reliés par le sillon des boulevards. Même les verrues qui déparaient ce décor homogène n'étaient pas pour me déplaire. Les ensembles incongrus de Montparnasse ou de la place d'Italie, avec leurs tours dressées au milieu de la ville ancienne, m'apparaissaient comme des signes de poussée futuriste, donnant à la capitale du XIXe siècle un grain de folie. Au sommet de la colline, d'une ruelle à l'autre, notre promenade suivit le flux touristique jusqu'à la place du Tertre. Jamais je n'avais vu autant de monde dans une ville la nuit, et je restais fasciné par cette agitation quand nos oreilles furent attirées par deux musiciens à la terrasse d'un grand café : Le Clairon du Chasseur. Depuis dix ans, la pop et le rock avaient balayé tous les orchestres de brasseries; mais, ici, deux guitaristes manouches jouaient encore chaque soir, jusqu'au petit matin, cultivant un répertoire parisien entre jazz et java. Une bière nous permit de les écouter longuement; le prix trop élevé du second « demi » nous ramena vers les escaliers du Sacré-Cœur où notre conversation reprit son fil politique, car Pierre fréquentait de plus en plus assidûment ses amis de la Ligue communiste révolutionnaire.

La révolution, pourtant, me préoccupait mollement dans la douceur nocturne. La ville de Balzac s'étendait devant moi, immense. Les lumières scintillaient et je ne doutais pas de revenir ici, à mon tour, poursuivre l'histoire des artistes et des poètes. L'heure n'était pas venue, mais j'éprouvais cette palpitation, ce frissonnement d'un avenir forcément heureux, porté par une modernité forcément audacieuse. Je me sentais optimiste, envahi par toutes les émotions qui se présentaient : l'amour, l'amitié, les paysages, la musique, la montagne, Paris... Tout ce vaste horizon s'entrouvrait pour moi; j'y entendais l'écho d'un refrain immémorial entonné par chaque génération comme s'il était toujours neuf.

8

Semaine après semaine, je continuais ma moisson de livres et de disques à la bibliothèque municipale. Désireux de tout savoir, j'accumulais les volumes sur l'architecture post-moderne, l'*action painting*, le pop art et autres mouvements emblématiques de l'art contemporain — si j'en croyais les sources dont je disposais. Cette attirance pour le *dernier cri de la modernité* contredisait parfois mes goûts spontanés. Dans les anciens catalogues de la Galerie de France qui traînaient chez ma grand-mère, j'avais contemplé les rutilantes pierreries d'Alfred Manessier, les entrelacs colorés de Maurice Estève, les visions rêveuses de Gustave Singier qui semblait peindre les mystères de l'air et de l'eau. Cette abstraction poétique des années cinquante m'était apparue comme le prolongement naturel des inspirations de Monet à la recherche de la sensualité universelle. De la même façon, je me sentais attiré par les titres du vieux philosophe Gaston Bachelard, à la grande barbe blanche :

L'Eau et les rêves, L'Air et les songes dont j'avais dévoré les premières pages avant de passer à autre chose.

Curieusement, les ouvrages récents n'accordaient plus aucune place à ces peintres de la « seconde école de Paris » qui semblaient avoir disparu en chemin, balayés par les drapeaux américains de Jasper Johns, les bandes dessinées d'Erró ou les carrelages blancs de Jean-Pierre Raynaud. Je m'astreignais donc à goûter les froides élucubrations de cette avant-garde plus récente, quand bien même une conviction simple continuait à me guider : l'art était d'abord un enchantement, parlant au corps autant qu'à l'esprit. Les sensations musicales inouïes, les effets visuels inconnus, le rythme du récit et les joies de l'imagination littéraire — toutes ces formes de plaisir ouvraient les portes vibrantes de l'infini. Loin de renoncer aux magies de l'art ancien, l'art contemporain devait en offrir de nouvelles et enrichir le répertoire d'accords délectables, de couleurs envoûtantes et d'histoires singulières.

Porté par cet enthousiasme, je me procurai de grandes feuilles de papier, des gouaches et des aquarelles, puis je décidai de m'essayer à la peinture, en jetant devant moi quelques giclées de couleurs abstraites. La beauté immédiate et facile des premiers effets sembla, en un instant, venger ma médiocrité crasse en classe de dessin. Au fil des semaines, poussant plus loin l'expérience, je commençai à organiser sur la surface blanche des architectures imaginaires qui me donnaient l'impression de tutoyer Paul Klee. Passant à l'étape suivante, je décidai de transformer mon cadre de vie pour accueillir ce rêve d'art total.

Ainsi commença la réfection de ma chambre — cette vaste pièce située au deuxième étage, sous le toit de la maison. Il me fallait agir avec les moyens du bord, car mes parents n'avaient pas l'intention d'encourager ces lubies ; et leur budget de famille nombreuse ne pouvait inclure de tels projets. Ils me laissèrent toutefois une certaine latitude pour procéder à ma guise dans cet espace reconnu comme mon territoire. J'avais déjà imposé la pousse des cheveux emmêlés et gras ; j'avais assené mes premiers disques de rock, puis l'écoute, plus pénible encore, de Xenakis et Stockhausen ; sans parler de mes discours exaltés en faveur des droits des femmes, de l'écologie, des homosexuels... Il ne fut pas trop difficile d'obtenir par surcroît l'autorisation de soumettre mon décor quotidien à une réfection ambitieuse.

Vincent fut le principal complice de cette entreprise. Depuis plusieurs mois, ce camarade de classe me fascinait par sa façon d'embrasser sa petite amie pendant des heures devant Saint-Joseph. Son corps fin, sa peau mate, ses longs cheveux noirs lui donnaient une allure de guerrier indien. Au début, je n'avais guère osé l'aborder, intimidé par sa beauté trop supérieure à la mienne (les atouts physiques, tout comme les origines sociales, délimitent souvent des groupes imperméables) ; mais j'y attachais probablement plus d'importance que lui, et nous avions fait connaissance au ciné-club; puis il avait rejoint notre troupe de théâtre.

Inscrit en terminale A7 — la section arts plastiques —, Vincent possédait déjà une solide expérience de la peinture et surtout du dessin. Admirateur éperdu des bandes dessinées de Gotlib, il voulait entreprendre des études de graphisme et possédait un trait sûr, précis, harmonieux. Je m'étonnais seulement de ses théories rigides sur les couleurs complémentaires qui l'autorisaient à critiquer tel tableau de Gauguin ou d'Estève, coupables selon lui d'avoir enfreint des principes intangibles comme celui des « couleurs complémentaires » : le rouge *ne peut pas* aller avec le vert !

Muni d'une boîte de fusains, il commença à tracer sur le plafond de ma chambre des animaux irréels, déformés comme les éléphants-girafes de Salvador Dalí. Les pattes se prolongeaient en longues arborescences. Sur d'autres portions de murs, je disposai moi-même quelques troupeaux maladroits de créatures colorées : toute une population de cellules ovales et de filaments inspirés par les paramécies, récemment étudiées en classe de biologie. Notre ardeur transforma bientôt cette pièce en réplique contemporaine de la chapelle Sixtine — je n'étais pas loin de le croire. Mais cette faune étrange ne constituait que la toile de fond sur laquelle allait se déployer une œuvre en trois dimensions.

L'idée m'était venue en écoutant un disque de Darius Milhaud intitulé *L'Homme et son désir*, trouvé chez un disquaire dans une collection à bas prix. Composé au Brésil sur un sujet de Paul Claudel, ce ballet accordait pour la première fois dans l'histoire de la musique une place centrale aux instruments à percussion. Une batterie de tambours accompagnait des chœurs de vocalises d'allure primitive. Ces chants sinueux évoquaient la nature sauvage et, comme dans un rêve, donnaient l'illusion de pénétrer dans la végétation touffue de la forêt amazonienne. Subjugué par cette image sonore, j'avais opté pour un aménagement végétal de mon théâtre personnel. Après avoir coupé dans le jardin de longues branches de lierre, je les fixai partout au plafond de ma chambre pour former des rideaux de lianes entre le lit, le bureau et le piano.

Je vivais désormais dans la forêt vierge, sous un ciel peuplé de créatures fantastiques. Mes parents évitèrent la syncope, puis se contentèrent d'un ricanement. Par chance, ma grand-tante de Sceaux, en visite au Havre, monta voir ma chambre et affirma qu'elle trouvait cela très réussi. Le verdict de cette militante de l'art moderne, venue de Paris pour m'encourager, permit à l'œuvre de durer jusqu'au dessèchement du lierre.

Désormais, la fumée des cônes d'encens s'élevait entre les feuilles jusqu'aux fresques du plafond, pour ajouter les plaisirs de l'odorat à ceux de l'ouïe, de la poésie et de la musique. Chaque soir, après dîner, je m'installais dans ce décor à la lumière des bougies. Sur la platine de ma nouvelle chaîne stéréo tournait la *Sinfonia* de Berio. J'écoutais cette évocation musicale des Indiens Bororo ; puis le souffle du vent mêlé aux guitares pop dans *Meddle* de Pink Floyd. D'autres soirs, revenant à la source, je passais pour la centième fois le *Prélude à l'après-midi d'un faune*, tout en relisant le poème de Mallarmé ; ou bien, me livrant au rituel créatif, je posais devant moi une feuille blanche dans l'attente de l'inspiration sacrée. Le choix de la musique déterminerait le sens du poème. Après Debussy puis *Déserts* d'Edgar Varèse, le prélude de *Parsifal*, dirigé par Eugen Jochum, me conduisait vers les cimes de la beauté pure. Tandis que s'élevait le chant de la trompette, je tâchais de retrouver ce même frémissement dans l'écriture improvisée. J'écrivais quelques mots... qui, le plus souvent, perdaient leurs pouvoirs dès que la musique s'interrompait.

Depuis quelques mois, j'avais trouvé une source de revenus en qualité de baby-sitter ; car on sortait beaucoup dans la bourgeoisie provinciale où les couples se recevaient pour des dîners bridge.

Un soir, chez des voisins, comme j'attendais le retour de mes employeurs en écoutant France Culture, je tombai sur un jazz bizarre dont le vieux swing se désarticulait dans des contorsions et jaillissements proches de la musique contemporaine. Dès le lendemain, poussant mes recherches à la discothèque, je m'enthousiasmai pour le free-jazz. Une nouvelle fois, des ouvrages spécialisés se chargèrent de me présenter ce courant comme le langage unique et incontestable de notre époque. Une nouvelle fois, l'incompréhension répandue de cette musique (et ma propre réticence à la première écoute) me la rendit foncièrement sympathique; si bien que j'ingurgitai en quelques semaines la production de Cecil Taylor, Archie Shepp, Ornette Coleman, Pharoah Sanders, Don Cherry, Albert Ayler. De fait, leurs improvisations rejoignaient l'esprit de la « musique aléatoire » chère aux compositeurs d'avant-garde. Stockhausen lui-même avait rédigé quelques partitions en forme de poèmes. Intitulées *Communion* ou *Fais voile vers le soleil*, elles permettaient de jouer à peu près ce qu'on voulait pourvu que ce fût dissonant, hachuré, bizarre. Certains interprètes, comme le clarinettiste Michel Portal ou le percussionniste Jean-Pierre Drouet, passaient facilement d'un genre à l'autre.

Décidé à les rejoindre sur cette voie nouvelle, je coiffai sans plus attendre mon casque d'explorateur sonore. Dans ce but, je rassemblai d'abord quelques instruments : outre le piano, je disposais des flûtes à bec de l'école, d'un vieil harmonica et d'un xylophone. Animé par les mêmes curiosités, Vincent dégota un saxophone et quelques percussions pour servir de véhicules à nos grands voyages. Nous étions pressés de connaître les miracles qui peuvent naître de la rencontre imprévue des timbres, et de nous laisser porter par l'inspiration la plus libre pour transformer notre incompétence musicale en or.

Les séances se déroulaient le samedi après-midi, sous les fresques. J'avais complètement désossé mon vieux Gaveau, ce qui me permettait de jouer avec les touches, mais aussi avec les ongles en pinçant les cordes de la table d'harmonie, ou en les frappant avec des baguettes. Nous partions généralement d'un son, d'une note; puis nous progressions selon notre imagination et les modèles qui nous guidaient inconsciemment. L'improvisation s'engluait, retombait, hésitait; elle passait fugitivement par des moments de grâce où les sons semblaient enfin se répondre, tournant obstinément autour d'un motif rythmique ou d'une belle succession d'accords, pour atteindre cette extase qui justifiait nos efforts.

Plus tard, à la nuit tombée, bien à l'abri de ma forêt de lianes où fumait une dernière baguette d'encens, j'allumais le poste de radio. Pour Noël, mes parents m'avaient offert ce transistor à modulation de fréquence qui avait encore élargi mon univers. Cherchant dans les ondes courtes, je captais les émissions françaises de Tirana ou de Moscou. Plus souvent, en direct de Paris, les programmes de Radio France alimentaient ma soif de connaissances. Par la fenêtre, les mâts éclairés d'un navire glissaient à l'entrée du port tandis que Claude Lévi-Strauss m'entretenait de rituels funéraires; puis je visitais le chantier du Centre Pompidou, avant de retrouver José Artur et ses invités au bar du Fouquet's.

9

Début 1977, ma décision était prise. J'avais longtemps suivi un chemin écrit d'avance ; cette classe de terminale devait me conduire au bac, puis aux études qui me transformeraient en aimable docteur... Sauf que, depuis deux ans, tout avait changé. La littérature, la musique, la peinture, cela seul m'intéressait désormais. Les études médicales, longues et fastidieuses, allaient rompre un enchantement dont je ne voulais pas sortir. Mes projets étaient d'un autre ordre. Il ne me restait plus qu'à l'annoncer à ma famille.

Dans une France provinciale touchée à retardement par l'évolution des mœurs, les parents n'avaient pas encore l'habitude d'encourager systématiquement la *créativité* de leurs enfants. Ce n'était certes plus le XIXe où la respectabilité s'offusquait du moindre destin aventureux ; mais l'art ne passait pas pour une ambition très sérieuse. Les universités n'avaient pas pris l'habitude de délivrer, chaque saison, quantité de *mastères* d'arts plastiques et de cinéma. Non sans lucidité, beaucoup d'éducateurs supposaient qu'une carrière surestimée risquait d'aboutir, dix ans plus tard, dans la vase des acteurs sans pièces, des peintres sans galeries, des musiciens sans concerts. Bref, la vocation artistique apparaissait comme marginale, risquée, socialement peu flatteuse, sauf pour une poignée d'individus particulièrement doués ou chanceux. Vues de la bonne société havraise, la musique ou la littérature pouvaient donc offrir une activité superflue, un hobby sympathique (nombre de médecins de notre entourage étaient d'ailleurs mélomanes ou grands lecteurs), mais plus difficilement un métier. Rien, en tout cas, n'obligeait à satisfaire impérativement les aspirations des jeunes poètes.

Un soir, prenant mon courage à deux mains, je convoquai mon père et ma mère après le dîner. Mes frères et sœurs avaient déjà regagné leurs chambres quand j'entrai dans le salon où brûlait un feu de bois. Dans un climat chrétien, occidental et moderne, propice à la confiance, mes parents s'apprêtaient à m'écouter sans savoir de quoi j'allais leur parler. Ma mère, à son habitude, feignait d'être détendue, assise dans un fauteuil sous de jolis tableaux post-impressionnistes représentant la baie de Seine. Mon père ne semblait guère plus inquiet. Mais je les vis pâlir, l'un et l'autre — elle surtout —, quand je les informai qu'à la rentrée suivante je n'entrerais pas en faculté de médecine, car je comptais entreprendre des études de *musicologie.*

Le choc était d'autant plus rude que ma mère, fille de médecin, pleine de dévotion pour son père, avait toujours, plus ou moins consciemment, entrevu ce destin pour son fils aîné. N'avais-je pas moi-même épousé ce projet quand la lecture de Giono et l'amour des Vosges m'orientaient vers la vocation de « médecin de campagne » ? Cent fois je m'étais projeté sous l'aspect de ce personnage, habitant une demeure en lisière de forêt pour soigner les derniers survivants du monde rural. Certes, je voulais surtout devenir écrivain ; mais il ne s'agissait pas d'un « métier » qu'on apprend dans les écoles. Je m'imaginais donc fort bien écrivain-médecin, soignant les corps et nourrissant les âmes ! C'est alors que j'avais rencontré Hélène et découvert un monde d'idées, de sensations, de beautés imaginaires. En deux ans, j'avais compris que je ne voulais plus être ce docteur cultivé, mais un artiste vivant au cœur des arts. La musique, mon autre passion, m'offrait ainsi la perspective d'apprendre un métier concret qui se combinerait naturellement à mon désir d'écrire.

Calculant mon effet, je pris soin de présenter les choses avec une certaine ambition. Sitôt ma décision annoncée, j'entrepris la description des études savantes qui me conduiraient probablement, quelques années plus tard, au poste de professeur d'histoire de l'art à l'université ou de producteur à la radio. Je ne plaçais pas mon projet moins haut, tandis que mes géniteurs me regardaient, affolés, se demandant quelle mouche m'avait piqué pour que je renonce — quelques mois avant le bac — au projet qui m'avait guidé jusque-là.

L'évolution de la social-démocratie européenne vers toujours davantage d'écoute et de tolérance jouait toutefois en ma faveur. Depuis quelques années, il commençait à se dire — comme une vérité récemment acquise — que le plus important, pour les jeunes, était de « s'épanouir ». Les services spécialisés d'orientation scolaire le répétaient : chacun devait choisir sa voie, son métier, son mode de vie, sous la douce protection de familles aimantes et compréhensives. Ces conceptions nouvelles se mêlaient, dans l'esprit de mes parents, aux schémas plus rigides issus de leur éducation, si bien qu'ils se trouvaient désemparés.

En ce mois de janvier 1977, ce ne fut donc pas la grande scène des larmes, mais un moment d'inquiétude au cours duquel mon père, sans doute influencé par son amour des arts, sut apporter un peu de sérénité. Prenant l'air solennel du *pater familias*, il ne manqua pas de me mettre en garde devant l'extrême fragilité d'un tel avenir ; mais il se comporta comme un homme de sa génération, à ce point encore optimiste de l'Histoire, où il semblait que tout devait se résoudre par un dialogue constructif et des décisions prises d'un commun accord.

Peu après, je participai — comme les autres élèves de terminale — à une série de tests organisés par le centre départemental de consultations psychopédagogiques. Le rapport jugea mon orientation vers une discipline artistique « particulièrement appropriée ». C'est ainsi que mes parents, sans franchement m'encourager, me laissèrent avancer sur la voie qui ferait de moi — je n'en doutais pas — un éminent spécialiste de musique contemporaine, en même temps qu'un écrivain reconnu. Les seules conditions fixées à mon audace étaient de briller par mes résultats et de commencer mes études à Rouen, ville proche du Havre, où l'université comportait un département de musicologie. Mieux que l'agitation parisienne, ce cadre semblait propice au labeur et à la concentration d'un jeune homme âgé tout juste de dix-sept ans.

10

Les observations de mes professeurs mentionnent, pour cette année de terminale, un « travail très insuffisant ». Censée me conduire aux études médicales, la filière scientifique ne présentait plus guère d'intérêt pour un futur musicologue. Seules les mathématiques me passionnaient soudain, tant les compositeurs d'avant-garde mettaient d'enthousiasme à décliner les fonctions algébriques sur leur papier à musique. Toujours mentionné dans les livres ou les articles spécialisés, le fait que tel artiste soit passé par Polytechnique semblait lui donner une légitimité d'*ingénieur* très appréciée dans une France en pleine modernisation. Je préférais néanmoins les cours de philosophie, où un vieux curé accomplissait de louables efforts pour nous expliquer Nietzsche, Marx et Freud aussi bien que Montaigne et Pascal ; puis je retrouvais mes amis de section littéraire.

Avec Jean-Paul, nous avions donné un nouvel élan à la troupe de théâtre qui se réunissait chaque semaine. Le petit groupe scolaire ambitionnait maintenant de devenir une *compagnie*. Employée à l'hôpital psychiatrique, mais non moins passionnée d'art et de littérature, Hélène nous rejoignait aux répétitions auxquelles elle apportait le sérieux d'une femme entrée dans la vie active, légèrement agacée lorsque nous n'apprenions pas nos textes. Son amie Gabrielle l'accompagnait parfois avec ses airs inspirés de future tragédienne. Elle avait l'intention d'entrer, après le bac, au Cours Simon. Jérôme, un autre ami, nous rejoignait entre une sortie en mer et un cours de violoncelle. Vincent mettait à profit son talent de dessinateur en confectionnant les accessoires du décor. Quant à moi, désolé que mes camarades ne s'enthousiasment pas pour mes tirades, je me rattrapais en choisissant les musiques.

Après *La Cantatrice chauve*, nous venions de mettre en chantier une comédie moins connue de Ionesco : *L'Impromptu de l'Alma*, dans laquelle d'insupportables universitaires entreprennent d'éduquer un écrivain. Jean-Paul faisait merveille dans le rôle de l'intellectuel fumeux Bartholoméus I — décalque à peine masqué de Roland Barthes. Sous ses airs faussement sérieux, il ressemblait de plus en plus à Louis Jouvet, et la réussite du spectacle reposait surtout sur son talent comique ; mais notre travail souffrait de ses sautes d'humeur. D'un jour à l'autre, sa personnalité passait de l'enthousiasme aux ruptures définitives — théâtrales elles aussi — arrivant par courrier :

> « Puisqu'il me semble maintenant impossible de continuer à venir répéter correctement dans une ambiance aussi détestable, j'ai décidé de cesser de faire du théâtre avec vous. J'en suis désolé mais je pense que c'est mieux pour chacun.
> Cette lettre, avec son aspect solennel donc à la fois stupide et désagréable, me paraît être le meilleur moyen de vous dire poliment ce que je pense. »

Deux jours plus tard, nous étions à nouveau bons camarades, et les répétitions recommençaient.

Nous avions également mis à profit cette rentrée pour nous rapprocher de Mme Chapireau qui continuait à donner ses cours en fumant cigarette sur cigarette. Après le passage du bac français, nous nous sentions plus libres d'associer ce professeur à nos projets. Un jour, comme nous bavardions dans la cour de récréation, Jean-Paul lança l'idée d'une réhabilitation du petit matin — pour en finir avec la beuverie du samedi soir, rituel ordinaire des adolescents. À cette perspective de rencontres amicales aux premières lueurs du jour, mêlant la bonne chère aux échanges intellectuels, Mme Chapireau, visiblement convaincue, demanda simplement :

— Alors, quand ?

Quelques semaines plus tard, à cinq heures du matin (car il importait que le rituel débute avant le lever du soleil), nous débarquions chez elle, Jean-Paul et moi. La ville était entièrement silencieuse dans la fraîcheur de l'aube, et je sonnai timidement. Un moment passa encore. Sur les arbres des jardins, les premiers étourneaux sortaient peu à peu de l'assoupissement, comme dans *Le Réveil des oiseaux* de Messiaen. Enfin, la porte s'ouvrit sur notre chère femme de lettres, vêtue d'un pantalon et d'une veste japonaise. Elle portait des lunettes fumées et son éternelle clope au bec. Médecin en retraite, son mari était resté à l'étage pour ne pas troubler la cérémonie. Une grande table nous attendait dans la salle à manger, couverte de jus de fruits, café, charcuterie, pâtisseries, confitures. Une bouteille de champagne devait conclure la cérémonie quand le jour serait levé. Chacun avait choisi plusieurs textes d'écrivains : Jean-Paul citant Erik Satie, tandis que je comptais lire mon dernier poème, et que Mme Chapireau conclurait en évoquant un philosophe antique. Quelques heures s'écoulèrent dans ce mélange de poésie et de plaisanteries. Les bulles pétillaient dans un nuage de nicotine, sans éveiller aucune crainte pour la protection de nos santés.

Chaque semaine, je noircissais de nouvelles pages et rabibochais mes anciens textes ; quand je n'écrivais pas, je m'exerçais à la peinture ;

quand je ne peignais pas, j'improvisais de la musique ou je composais devant mon piano à la recherche d'effets savoureux.

Déchiffrant quantité de traités théoriques, je m'étais d'abord intéressé au dodécaphonisme sériel — technique de composition qui, sous son nom compliqué, se révélait assez simple pour un compositeur en herbe possédant l'esprit logique. Loin des subtilités de l'harmonie tonale (qui requiert une longue éducation de l'oreille), j'étalais mes suites de notes à l'endroit, à l'envers, selon des calculs d'intervalles aussi amusants que le calcul mental. Poussant plus loin mes recherches, j'avais assimilé les principes du sérialisme intégral. Sur de grandes feuilles de papier millimétré, j'alignais des séries de hauteurs, de durées, de timbres, d'attaques pour produire une musique à peu près inaudible mais conceptuellement parfaite... Puis j'avais entrevu l'utilité des probabilités employées dans la musique stochastique de Xenakis — cet étrange poète capable d'imiter par le jeu instrumental le bruissement de milliers de cigales ou le crépitement de la pluie.

Au cours de cet hiver 1977, à la Maison de la Culture, j'avais également découvert une pièce pour deux pianos de Luciano Berio, jouée par Katia et Marielle Labèque dans un spectacle chorégraphique de Félix Blaska. Subjugué par cette trame sonore liquide et mystérieuse, parcourue d'infimes nuances, je m'efforçais d'en retrouver les couleurs sur mon vieux Gaveau. Je manquais d'interlocuteurs pour partager ces découvertes; mais la rareté même d'un tel répertoire en ville faisait de moi une sorte de pionnier local, réinventant l'Histoire pour son propre usage, et cultivant les plaisirs solitaires qui vont de pair avec l'exigence avant-gardiste.

Cas de figure exceptionnel au Havre, une de nos voisines se passionnait elle aussi pour la musique du XXe siècle. Femme originale et cultivée, maigre comme un fil lorsqu'elle descendait la rue avec son caddie, c'était une artiste inaccomplie entraînée par erreur dans la vie de famille. Lorsque j'allais la voir, elle me parlait d'Apollinaire et de Schönberg. Ses filles travaillaient leur violon comme de futures professionnelles. Au printemps 1977, elle me proposa de l'accompagner au concert de Pierre Boulez, de passage au Havre à la tête de l'orchestre des jeunes de Grande-Bretagne. À cette invitation je restai bouche bée, les yeux brillants : Boulez, le théoricien du sérialisme intégral; Boulez, le champion de la modernité radicale; Boulez, le chef d'orchestre qui dirigeait avec une précision quasi scientifique *La Mer* ou *Le Sacre du printemps*... Dans notre ville où les concerts étaient rares, cette perspective me conviait au paradis.

En fin d'après-midi, dans les grands salons de la Gare maritime, transformés pour l'occasion en auditorium, je vécus une sorte d'extase, tandis que le chef d'orchestre lançait l'introduction douce et mystérieuse de la *Musique pour cordes, percussions et célesta* de Bartok ; puis je suivis avec la même passion le *Concerto à la mémoire d'un ange* d'Alban Berg, joué par Itzhak Perlman, et surtout *Le Sacre du printemps* dont je ressortis ivre, attendant au milieu de la foule pour entrevoir et féliciter d'un mot le prophète de la musique contemporaine.

Mes goûts n'en restaient pas moins impurs en regard des conceptions intransigeantes de l'avant-garde. Pour la plupart des théoriciens modernistes, la pop, la variété et même le jazz (musique « pauvre rythmiquement » selon Boulez) contribuaient à l'aliénation des masses. Indifférent à ces préceptes, je terminais parfois l'après-midi chez Domitille, la petite amie de Vincent. Sa famille possédait une vaste maison devant la mer où elle occupait un studio indépendant, donnant sur le jardin. Le temps s'y écoulait dans une ambiance amicale un peu molle, rythmée par *Le Sud* de Nino Ferrer. D'autres jours, on écoutait le double album *live* de Crosby, Stills, Nash and Young. Vincent adorait ces musiciens chevelus, chantant en chœur sur leurs guitares pour la jeunesse blanche américaine. Il m'avait également fait entendre *Tubular Bells* de Mike Oldfield, aux lancinantes sonorités de cloches et de xylophones. La pop sophistiquée occupait alors les sommets du hit-parade avec Yes, Genesis et d'autres groupes qui palliaient parfois la banalité de l'inspiration par une spectaculaire virtuosité. Rien de tout cela n'égalait selon moi les disques du début des années soixante-dix : ce son flamboyant de Led Zeppelin dans lequel le rock, encore tout neuf, avait atteint son point culminant d'énergie et d'invention brutale. Aimais-je tant cette musique parce que je l'avais découverte la première, avec la perméabilité propre aux adolescents ? Était-ce le hasard des rencontres qui dessinait ainsi, pour toujours, le cadre de nos goûts et de nos vies ? Y avait-il dans tout cela une part de lucidité et une part de choix ?

Plus sensibles aux méandres de la musique progressive, Vincent et Domitille avaient la candeur des couples précoces. Ils avaient commencé très jeunes à « sortir » ensemble. Par leurs embrassades fougueuses à la sortie de l'école, ces tourtereaux faisaient alors rêver les autres, encore chastes. Domitille s'appuyait sur son Ciao (la marque de mobylette en vogue chez les demoiselles), tandis que Vincent se penchait sur elle dans d'interminables bouche-à-bouche. Préservé des frustrations juvéniles par une sexualité détendue, ce petit duo d'amoureux observait pour le reste un style de vie assez rangé. Domitille lisait en écoutant le dernier album de Paul Simon ; Vincent se livrait à sa passion en imitant inlassablement les dessins de Gotlib et ses personnages popularisés par la *Rubrique-à-brac*. Affalé sur un divan, dans ce bain de pop douceâtre, je parcourais moi-même les albums publiés par les Humanoïdes associés : « Super-dupont » qui tournait en dérision une imagerie française réduite au béret, à la baguette et au drapeau tricolore ; Philippe Druillet et ses visions fantastiques mêlant science-fiction et mythologie ; sans oublier Moebius, alias Jean Giraud, que mon camarade tenait pour le plus grand dessinateur vivant.

Gagné par la douceur californienne de cette villa de Sainte-Adresse, je me demandais si mon attrait pour le confort n'était pas décidément supérieur à celui de la révolution ; et si les beaux yeux de Vincent ne me fascinaient pas autant que la bouillonnante Hélène.

11

Un jour, à la bibliothèque municipale, je trouvai un dépliant annonçant l'organisation d'un stage d'été à Aix-en-Provence autour du dieu de la musique contemporaine : Karlheinz Stockhausen. Sitôt rentré chez moi, j'écrivis aux organisateurs du « centre Sirius » pour savoir comment participer à ces rencontres. Peu après je reçus le bulletin d'inscription, avant de m'aviser que je manquais terriblement d'argent pour séjourner dans cette ville où je ne connaissais personne. Le formulaire proposait bien quelques bourses, mais je n'étais pas encore étudiant en musique et doutais de pouvoir en bénéficier.

Je comptais, certes, faire un nouveau stage au Port du Havre pendant les vacances ; mais il me faudrait bien garder quelques centaines de francs pour la rentrée universitaire. Bref, je tournai désespérément la question dans tous les sens avant d'entrevoir une solution... Quelque temps auparavant, mes grands-parents paternels, en plein déménagement, m'avaient donné un bronze académique intitulé *La Rafale*. Ce géant tordu par le vent illustrait parfaitement le style pompier du XIXe siècle. Aucun de mes oncles et tantes n'en avait voulu. Quant à moi, il m'amusait par son outrance un peu kitsch, mais sans plus. Peut-être pourrais-je en tirer quelque argent. Mon père connaissait un commissaire priseur qui — divine surprise — m'indiqua que l'œuvre pourrait atteindre la somme (colossale à mes yeux) de deux mille francs. Sans plus attendre, je décidai de la mettre en vente. L'enchère me permit de m'inscrire au centre Sirius, de réserver une chambre à Aix-en-Provence, et de payer mon billet de train pour débarquer, en plein festival d'art lyrique, à l'ombre des platanes du cours Mirabeau.

Je logeais à la cité universitaire. Chaque matin, quittant cet ensemble de bâtiments préfabriqués en périphérie de la ville, je me rendais à pied vers le centre d'Aix pour suivre pieusement l'enseignement du maître. Personnalité majeure de l'avant-garde des années cinquante, pionnier du sérialisme, inventeur de la musique électronique, Stockhausen s'était mué ces dernières années en grand prêtre un brin délirant. Il composait en s'inspirant des signes du zodiaque et dialoguait avec les étoiles, spécialement dans *Sirius*, titre de l'œuvre qui devait être créée au cours du festival. Avec le plus grand sérieux, il mettait en scène sa femme et ses enfants, coiffés de chapeaux pointus, dans des rituels mystiques et musicaux. En appliquant les structures mathématiques à la composition, il ambitionnait de relier le microcosme et l'infini. Après la conception d'un quatuor à cordes joué depuis quatre hélicoptères, son nouveau projet allait plus loin encore : une fois achevé, l'opéra *Licht*, d'une durée de sept jours, devait mobiliser en permanence sept orchestres et sept théâtres ; mieux encore que Wagner. De fait, son attitude pompeuse pouvait rappeler la mégalomanie wagnérienne, tandis qu'il répétait au conservatoire Darius Milhaud, seul au milieu de la grande salle, entouré de musiciens et de tables de mixage. J'aimais surtout ses bandes magnétiques mêlées au jeu instrumental : elles utilisaient le bruit de l'eau, celui du vent, et toute cette polyphonie naturelle qui me fascinait lors de mes promenades en forêt.

Au séminaire d'analyse musicale, des apprentis musicologues venus de toute l'Europe griffonnaient méticuleusement les formules scientifiques censées ouvrir les portes d'un art futuriste. L'après-midi, j'assistais aux cours d'interprétation des frères Kontarsky, deux pianistes légendaires, compagnons de route de l'avant-garde, qui avaient créé la plupart des œuvres réputées injouables de Stockhausen. Par leur accumulation de complexités rythmiques et de sauts continuels d'un registre à l'autre, ces pièces pour piano ne permettaient qu'une interprétation approximative ; mais Alfons et Aloys Kontarsky passaient pour s'être *approchés,* plus que les autres, du texte original — ce qui n'avait pas tellement d'importance, tant ce tourbillon sonore engendrait un sentiment de monotonie. Quelques pages, cependant, me semblaient plus riches dans leur simplicité : le début du *Klavierstück 9,* avec son accord répété quatre-vingt-neuf fois, ou les résonances subtiles du *Klavierstück 7.* Je m'y exerçais timidement et, le reste du temps, je partageais avec mes camarades en dévotion la ferveur avant-gardiste : ce sentiment d'être une poignée d'illuminés dans un monde obscur.

Pour moi qui ne jurais que par Boulez, Berio, Stockhausen et Xenakis, le célèbre festival lyrique d'Aix-en-Provence ne représentait, en fait, pas grand-chose. Le Havre, où j'avais grandi, ne possédait pas même d'opéra et j'ignorais totalement cette passion française. Tandis que le public élégant du cours Mirabeau sirotait aux terrasses en attendant la représentation de *Cosi fan tutte,* j'errais en pleine chaleur dans les rues, à la recherche de la Fondation Vasarely. Le bâtiment était perché tout près de l'autoroute, mais je n'y trouvai que des peintures monumentales aux couleurs d'acier, froides et déprimantes. Avec l'abnégation d'un Normand qui découvre le soleil, sans savoir l'apprivoiser, je repris mon chemin en plein après-midi, sous une température brûlante, à la recherche de l'atelier de Cézanne, pour retrouver la vue exacte de la montagne Sainte-Victoire. De retour dans les rues, je dépensais parcimonieusement mes modestes ressources. Malgré la vente de *La Rafale*, j'étais pauvre et me contentais de sandwiches ou d'assiettes de Chantilly sans glace, avant de regagner la cité universitaire, où j'entrevoyais, en m'endormant, les perspectives d'un art radicalement révolutionnaire.

À la fin du stage, un homme plus âgé qui avait suivi les cours proposa de me reconduire à Paris. Je sautai sur l'occasion pour faire quelques économies et pris la route à ses côtés, persuadé que seules la religion de l'art et la vénération de Stockhausen favorisaient ce rapprochement. Arrivé à Vézelay où je m'enthousiasmais pour les beautés de l'architecture romane, il me proposa de nous arrêter, puis de passer la nuit dans un petit hôtel. Je me rappelle un dîner dehors, sur une terrasse ombragée, toujours égayé par l'amour des belles choses ; puis plus rien. Il est possible qu'il m'ait fait coucher dans son lit, cette nuit-là, dans des intentions inavouables ; mais je n'en conserve aucun souvenir, ni révélation ni traumatisme. Car, vraiment, les choses du sexe ne m'intéressaient guère en ce temps-là.

12

— Écoute un peu, mon neveu !

Grand lecteur de *San Antonio*, mon cousin Jean-René adorait les jeux de mots et les calembours. Quatre ans plus tôt, dans la chambre de son frère aîné, il m'avait fait découvrir les Who, Pink Floyd et Alice Cooper. Pour l'heure, il me dévisageait, l'air narquois. Sous ses cheveux blonds et ses lunettes d'enfant sage, il avait beaucoup grandi, lui aussi, et s'apprêtait à entreprendre les études de médecine auxquelles j'avais renoncé ; mais il continuait à suivre les derniers courants de la pop et posa la tête de lecture sur le sillon du trente-trois tours.

Au début, je n'entendis qu'une sorte de dégueulis vocal sur des accords de guitare approximatifs dont l'intérêt ne m'apparut pas clairement. Cela faisait beaucoup de bruit, hurlait le plus fort possible, comme une chanson de potaches qui s'essaient au rock and roll en compensant par le volume leur ignorance de la musique. D'après Jean-René, ce groupe anglais avait enregistré, quelques mois plus tôt, un morceau qui se moquait grossièrement de la reine Élisabeth II. Cet argument ne suffit pas à me convaincre. J'avais beau aimer la provocation et le gros son du hard rock, toute idée musicale semblait ici absente au profit d'une succession de cris furieux et de poses délibérément vulgaires. Les musiciens, sur la pochette, avaient les cheveux courts taillés n'importe comment, des blousons étroits et des cadenas accrochés autour du cou, tels des barbares dégénérés, indifférents à cette volupté que je recherchais en tout. Après cette première audition des Sex Pistols, je renvoyai à Jean-René mon regard sceptique.

L'automne 1977 commençait. Cette année-là, les grandes vacances s'étaient prolongées plus que de coutume, du fait de la date tardive de ma première rentrée universitaire. Début septembre, après un stage au Port Autonome, j'étais retourné dans les Vosges où oncle Albert, rongé par une sciatique, ne quittait plus guère son lit. J'accompagnais ma tante à Gérardmer pour lui acheter *Minute* et *Le Canard enchaîné*. De temps à autre, descendant l'escalier d'un pas lent, il apparaissait dans l'encadrement d'une porte, la jambe incertaine mais la stature encore solide, pour lancer ses plaisanteries de vieux baroudeur. Il s'était remis à fumer pour conjurer la fuite du temps.

L'après-midi, je partais des heures entières en forêt où mon goût de la nature s'enrichissait de sensations nouvelles depuis que j'avais pris l'habitude de tout écouter comme une partition. Je me rappelais ces bruits de rivières dans *Sirius* de Stockhausen, et ces œuvres de Xenakis qui utilisaient les statistiques pour imiter les phénomènes naturels. À mon tour, je tentais d'imaginer une musique capable de combiner, dans un contrepoint fabuleux, le chant des oiseaux, les multiples rebondissements de l'eau dans une cascade et le rythme de mes pas sur le sentier.

Mi-septembre, de retour au Havre, j'avais retrouvé mes amis pour la grande séparation. Chacun préparait ses bagages vers une autre vie. Jean-Paul devait poursuivre à Lyon des études de guide touristique. Seul le théâtre l'intéressait, mais il voulait rassurer sa famille en obtenant un diplôme lucratif. Nous comptions nous revoir pendant les vacances pour mener enfin à terme notre projet de revue littéraire. Après cette promesse solennelle, je le raccompagnai à la voiture de ses parents, car il venait d'obtenir son permis de conduire ; il me fixa alors de ses yeux perçants en prononçant comme un fou, avec des sauts brusques du grave à l'aigu :

— Il faut s'en méfier ! Il faut s'en méfier !

Et la Honda Civic démarra en trombe.

Vincent, de son côté, venait d'entrer dans une école de graphisme à Paris. Il avait loué un studio dans le quartier des Gobelins. Je l'enviais de me précéder à la capitale, mais Rouen n'était qu'à cent kilomètres et il était convenu que je logerais chez lui de temps à autre. Nous avions également rendez-vous, pour nos futurs week-ends havrais, autour du piano et du xylophone.

Hélène resterait au Havre où elle achevait sa formation à l'hôpital psychiatrique. Nos rencontres semblaient désormais presque surannées — comme le prolongement d'une histoire qui s'éloignait. Un bref moment de grâce nous avait marqués pour toujours. J'étais devenu un étudiant toqué d'art contemporain. Elle venait de rencontrer un homme plus âgé. Elle n'en parlait guère, mais je l'avais aperçu une fois, et j'avais deviné qu'ils commençaient à vivre ensemble. Il avait l'air solide, calme, sérieux, et je me sentais à nouveau dépassé par les amours d'Hélène. Décidément, ces questions-là ne me concernaient guère ; bien moins que les plaisirs de l'art et de l'amitié ; bien moins que le bonheur de me livrer à ma passion.

On dit parfois que chaque être humain, durant sa jeunesse, parcourt en accéléré l'histoire de l'humanité. Depuis l'âge de quinze ans, j'avais traversé les extases sophistiquées du symbolisme, les ivresses du premier art moderne, la loufoquerie du dadaïsme, la vie de bohème et les cafés d'artistes, puis le radicalisme de l'art contemporain... Aujourd'hui, j'avais les cheveux longs, un peu moins débraillés que les années précédentes, et je sortais enveloppé d'une longue écharpe qui renforçait mon côté « artiste ». Entre la seconde et la terminale, j'étais passé du stade de baba cool provincial à celui du thuriféraire de la musique savante, prêt à faire carrière à l'université pour apporter au monde la bonne parole.

Ce jour-là, pourtant, tandis que Jean-René me faisait entendre le strident *Anarchy in the UK*, je ne prêtai guère attention à la révolution en train de se produire dans le monde du rock. Tout absorbé par les dernières tendances de la musique atonale, je ne soupçonnais pas qu'un an plus tard, sortant soudain des brumes avant-gardistes, puis revisitant la modernité sous une lumière différente, je taillerais moi aussi mes cheveux très court, puis m'affublerais d'un blouson en skaï pour rejoindre cette nouvelle vague qui venait de commencer par le rugissement de quelques punks anglais. Ainsi continuerais-je à suivre les courants de mon époque en m'imaginant que je les inventais, et à chercher un chemin personnel parmi ces moments successifs.

Pour l'heure, sortant de chez mon cousin, je m'apprêtais à dévaler la côte d'Ingouville, en empruntant l'un de ces escaliers qui épousent la pente, de part et d'autre du funiculaire. J'aimais ces chemins de traverse qui reliaient la « ville haute » à la « ville basse » et l'institution Saint-Joseph à la maison de mes parents. Surplombant la mer et les avenues bétonnées, ils serpentaient parmi les vieilles propriétés bordées de murs de silex. On reconnaissait encore ce quartier où Balzac situe son roman *Modeste Mignon*, dans Le Havre du XIXe siècle. Du lierre dégringolait partout ; quelques fleurs sauvages renforçaient l'impression de campagne. Dévalant encore quelques marches pavées, j'aperçus soudain les grandes citernes du port pétrolier, les grues métalliques et la côte de Honfleur au loin. C'était Le Havre, la ville de mon enfance que j'allais quitter pour une autre vie, sans soupçonner quelle accumulation de découvertes m'attachait à ces lieux qui m'avaient façonné.

J'ai rarement revu Hélène au cours des années suivantes. Chaque fois que l'occasion se présentait, je me sentais intimidé comme un amoureux qui retrouve ses premiers émois. Il me semblait bien qu'elle-même avait conservé ce radieux souvenir d'une rencontre juvénile ; mais je songeais aussi que cette histoire n'avait plus de sens, et je préférais rapidement disparaître. En 1978, elle a retrouvé par hasard la trace de son père. Après avoir quitté sa femme et ses filles, hanté par la littérature et la fragilité de la vie, il s'était retiré dans les caves d'une vieille maison de province où il s'était donné la mort dans une solitude totale. Quelques années plus tard, abandonnant l'hôpital psychiatrique, Hélène s'est lancée dans le théâtre ; elle a suivi des cours à Paris puis mené une carrière de comédienne et de metteur en scène, toujours animée par ses goûts littéraires, son instinct artistique et sa ferveur combattante.

Postlude songeur

Quelque chose m'a toujours désolé dans l'idée d'une vie après la mort : car, même si l'on y croit (et quelle que soit notre croyance), il semble entendu que cette condition future, ce prolongement, ce renouveau, cette éternité seront complètement différents de la vie terrestre. Les gens de religion y voient un soulagement, comme si les vertus d'un monde meilleur *devaient transfigurer les souffrances de notre condition. Quant à moi, la seule éternité qui me paraîtrait désirable serait cette vie concrète, encore et encore : un futur qui ranime ce que j'ai le plus aimé, chaque jour, dans le goût des choses et les couleurs du ciel, dans les joies et même dans les tristesses de l'amour.*

Cet éternel-là, dans sa simplicité, aucune religion ne nous l'accorde, et la raison ne saurait davantage le concevoir. On veut bien nous promettre d'être réincarnés en bêtes sauvages ou de scintiller éternellement parmi les étoiles ; on nous garantit le feu de l'enfer ou la félicité infinie, avec ses onze mille vierges, ses chœurs d'anges et ses cantiques. Rien, pourtant, dans tout cela, ne semble prévu pour nous ramener aux bonheurs et aux peines du quotidien, à l'apprentissage des choses et à leur fragilité. Le fait paraît acquis : notre existence humaine n'aura pas de suite qui lui ressemble ; cette conscience-là s'éteindra avec nous ; tout ce que nous avons aimé disparaîtra, sans espoir de retour. Et voilà ce qui me désole, ce qui me paraît même insupportable : l'idée de ne pouvoir prolonger ma vie telle quelle, *dans ses mystères et dans ses limites.*

L'idée du paradis au milieu des nuages, tel que les enfants se le représentaient au temps de la religion chrétienne, avait un caractère apaisant. Elle avait surtout quelque chose de désuet qui faisait sa beauté. L'idée de cette cité accrochée dans le ciel nous invitait à reconstituer, par l'imagination, le théâtre quotidien interprété par Dieu dans le rôle du patron, saint Pierre en concierge vigilant, une foule de candidats fraîchement décédés patientant au purgatoire comme dans une salle d'attente. J'ai toujours adoré l'opérette Là-haut, *une comédie des années folles où le paradis ressemble à un music-hall. Je me rappelle aussi ce vieux film en noir et blanc :* Les Gueux au paradis *où Fernandel, avec ses grosses dents si dérisoirement humaines, discute sans fin au milieu des nuages parmi les autres créatures du ciel, comme si le ciel ressemblait à la terre pour nous promettre vraiment le* paradis terrestre.

Mais ce sont là des rêves humains et il faut nous y résoudre : le monde meilleur (ou pire) qui nous attend peut-être, après le trépas, ne ressemble en rien à celui que nous avons connu. Voilà ce qui me rend triste, chaque jour davantage, et voilà ce qui rend chaque joie presque déchirante. Rien de tout cela ne continuera. La mort est la condition même de notre existence ; elle fait son prix, sa beauté fugace, et seule cette communauté de destin atténue quelque peu notre vertige face au néant. L'inconnu ne nous sépare pas mais il nous rapproche, envers et contre tout, tandis que nous avançons côte à côte, jetés dans un même fragment d'infini. Toute l'Éternité est là : dans cet instant fragile que nous questionnons sans réponse, dans cette histoire immense et brève, dans cette fragile beauté qui nous saisit par instants.

C'est pourquoi chaque détail de notre vie fugitive me paraît plus précieux que les rêves de transcendance, les prosternations devant l'au-delà, les invocations aux forces mystérieuses. Et c'est pourquoi je voudrais en retrouver la substance et l'émotion suspendues, comme je les retrouve aujourd'hui, en arpentant la montagne magique et en respirant ces fougères anisées — les mêmes que je respirais à quinze ans, dans l'enchantement de la poésie et de l'amour naissant.

Prélude nerveux 9

Première partie : *Dieu, amour, anarchie* 15

Interlude perplexe 102

Seconde partie : *Quand j'étais moderne* 109

Postlude songeur 204

DU MÊME AUTEUR

Aux Éditions Gallimard

L'AMOUREUX MALGRÉ LUI, roman, 1989 (« L'Infini »).

TOUT DOIT DISPARAÎTRE, roman, 1992 (« L'Infini » ; « Folio », n° 3800).

GAIETÉ PARISIENNE, roman, 1996 (« Folio », n° 3136).

DRÔLE DE TEMPS, nouvelles, 1997. Prix de la nouvelle de l'Académie française (« Folio », n° 3472). Avant-propos de Milan Kundera.

LES MALENTENDUS, roman, 1999 (« Folio », n° 4937).

LE VOYAGE EN FRANCE, roman, 2001. Prix Médicis 2001 (« Folio », n° 3901).

SERVICE CLIENTÈLE, roman bref, 2003 (« Folio », n° 4153).

LA REBELLE, roman, 2004.

LES PIEDS DANS L'EAU, roman, 2008 (« Folio », n° 5037).

L'ÉTÉ 76, roman, 2011 (« Folio », n° 5577).

Chez d'autres éditeurs

SOMMEIL PERDU, roman, 1985, Grasset.

À PROPOS DES VACHES, roman, 1987, nouvelle édition, 2000, Les Belles Lettres (« La Petite Vermillon » ; n° 194).

REQUIEM POUR UNE AVANT-GARDE, essai, 1995, nouvelle édition, 2005, Les Belles Lettres.

L'OPÉRETTE EN FRANCE, essai illustré, 1997, nouvelle édition, 2009, Fayard.

LE GRAND EMBOUTEILLAGE, essai, 2002, Le Rocher (« Colères »).

LA PETITE FILLE ET LA CIGARETTE, roman, 2005, Fayard (« Folio », n° 4510).

CHEMIN DE FER, roman, 2006, Fayard (« Folio », n° 4774).

LA CITÉ HEUREUSE, roman, 2007, Fayard.

MA BELLE ÉPOQUE, chroniques, 2007, Bartillat.

BALLETS ROSES, roman, 2009, Grasset (« Ceci n'est pas un fait divers »).

LE RETOUR DU GÉNÉRAL, roman, Fayard, 2010 (« Folio », n° 5384).

À NOUS DEUX PARIS, roman, Fayard, 2012.

COLLECTION FOLIO

Dernières parutions

5170. Léon Tolstoï	*Le Diable*
5171. J.G. Ballard	*La vie et rien d'autre*
5172. Sebastian Barry	*Le testament caché*
5173. Blaise Cendrars	*Dan Yack*
5174. Philippe Delerm	*Quelque chose en lui de Bartleby*
5175. Dave Eggers	*Le grand Quoi*
5176. Jean-Louis Ezine	*Les taiseux*
5177. David Foenkinos	*La délicatesse*
5178. Yannick Haenel	*Jan Karski*
5179. Carol Ann Lee	*La rafale des tambours*
5180. Grégoire Polet	*Chucho*
5181. J.-H. Rosny Aîné	*La guerre du feu*
5182. Philippe Sollers	*Les Voyageurs du Temps*
5183. Stendhal	*Aux âmes sensibles*
5184. Alexandre Dumas	*La main droite du sire de Giac* et autres nouvelles
5185. Edith Wharton	*Le miroir* suivi de *Miss Mary Pask*
5186. Antoine Audouard	*L'Arabe*
5187. Gerbrand Bakker	*Là-haut, tout est calme*
5188. David Boratav	*Murmures à Beyoğlu*
5189. Bernard Chapuis	*Le rêve entouré d'eau*
5190. Robert Cohen	*Ici et maintenant*
5191. Ananda Devi	*Le sari vert*
5192. Pierre Dubois	*Comptines assassines*
5193. Pierre Michon	*Les Onze*
5194. Orhan Pamuk	*D'autres couleurs*
5195. Noëlle Revaz	*Efina*
5196. Salman Rushdie	*La terre sous ses pieds*
5197. Anne Wiazemsky	*Mon enfant de Berlin*

5198. Martin Winckler — *Le Chœur des femmes*
5199. Marie NDiaye — *Trois femmes puissantes*
5200. Gwenaëlle Aubry — *Personne*
5201. Gwenaëlle Aubry — *L'isolée* suivi de *L'isolement*
5202. Karen Blixen — *Les fils de rois* et autres contes
5203. Alain Blottière — *Le tombeau de Tommy*
5204. Christian Bobin — *Les ruines du ciel*
5205. Roberto Bolaño — *2666*
5206. Daniel Cordier — *Alias Caracalla*
5207. Erri De Luca — *Tu, mio*
5208. Jens Christian Grøndahl — *Les mains rouges*
5209. Hédi Kaddour — *Savoir-vivre*
5210. Laurence Plazenet — *La blessure et la soif*
5211. Charles Ferdinand Ramuz — *La beauté sur la terre*
5212. Jón Kalman Stefánsson — *Entre ciel et terre*
5213. Mikhaïl Boulgakov — *Le Maître et Marguerite*
5214. Jane Austen — *Persuasion*
5215. François Beaune — *Un homme louche*
5216. Sophie Chauveau — *Diderot, le génie débraillé*
5217. Marie Darrieussecq — *Rapport de police*
5218. Michel Déon — *Lettres de château*
5219. Michel Déon — *Nouvelles complètes*
5220. Paula Fox — *Les enfants de la veuve*
5221. Franz-Olivier Giesbert — *Un très grand amour*
5222. Marie-Hélène Lafon — *L'Annonce*
5223. Philippe Le Guillou — *Le bateau Brume*
5224. Patrick Rambaud — *Comment se tuer sans en avoir l'air*
5225. Meir Shalev — *Ma Bible est une autre Bible*
5226. Meir Shalev — *Le pigeon voyageur*
5227. Antonio Tabucchi — *La tête perdue de Damasceno Monteiro*
5228. Sempé-Goscinny — *Le Petit Nicolas et ses voisins*
5229. Alphonse de Lamartine — *Raphaël*

5230. Alphonse de Lamartine — *Voyage en Orient*
5231. Théophile Gautier — *La cafetière* et autres contes fantastiques
5232. Claire Messud — *Les Chasseurs*
5233. Dave Eggers — *Du haut de la montagne, une longue descente*
5234. Gustave Flaubert — *Un parfum à sentir ou Les Baladins* suivi de *Passion et vertu*
5235. Carlos Fuentes — *En bonne compagnie* suivi de *La chatte de ma mère*
5236. Ernest Hemingway — *Une drôle de traversée*
5237. Alona Kimhi — *Journal de Berlin*
5238. Lucrèce — *«L'esprit et l'âme se tiennent étroitement unis»*
5239. Kenzaburô Ôé — *Seventeen*
5240. P.G. Wodehouse — *Une partie mixte à trois* et autres nouvelles du green
5241. Melvin Burgess — *Lady*
5242. Anne Cherian — *Une bonne épouse indienne*
5244. Nicolas Fargues — *Le roman de l'été*
5245. Olivier Germain-Thomas — *La tentation des Indes*
5246. Joseph Kessel — *Hong-Kong et Macao*
5247. Albert Memmi — *La libération du Juif*
5248. Dan O'Brien — *Rites d'automne*
5249. Redmond O'Hanlon — *Atlantique Nord*
5250. Arto Paasilinna — *Sang chaud, nerfs d'acier*
5251. Pierre Péju — *La Diagonale du vide*
5252. Philip Roth — *Exit le fantôme*
5253. Hunter S. Thompson — *Hell's Angels*
5254. Raymond Queneau — *Connaissez-vous Paris?*
5255. Antoni Casas Ros — *Enigma*
5256. Louis-Ferdinand Céline — *Lettres à la N.R.F.*
5257. Marlena de Blasi — *Mille jours à Venise*
5258. Éric Fottorino — *Je pars demain*
5259. Ernest Hemingway — *Îles à la dérive*

5260.	Gilles Leroy	*Zola Jackson*
5261.	Amos Oz	*La boîte noire*
5262.	Pascal Quignard	*La barque silencieuse (Dernier royaume, VI)*
5263.	Salman Rushdie	*Est, Ouest*
5264.	Alix de Saint-André	*En avant, route !*
5265.	Gilbert Sinoué	*Le dernier pharaon*
5266.	Tom Wolfe	*Sam et Charlie vont en bateau*
5267.	Tracy Chevalier	*Prodigieuses créatures*
5268.	Yasushi Inoué	*Kôsaku*
5269.	Théophile Gautier	*Histoire du Romantisme*
5270.	Pierre Charras	*Le requiem de Franz*
5271.	Serge Mestre	*La Lumière et l'Oubli*
5272.	Emmanuelle Pagano	*L'absence d'oiseaux d'eau*
5273.	Lucien Suel	*La patience de Mauricette*
5274.	Jean-Noël Pancrazi	*Montecristi*
5275.	Mohammed Aïssaoui	*L'affaire de l'esclave Furcy*
5276.	Thomas Bernhard	*Mes prix littéraires*
5277.	Arnaud Cathrine	*Le journal intime de Benjamin Lorca*
5278.	Herman Melville	*Mardi*
5279.	Catherine Cusset	*New York, journal d'un cycle*
5280.	Didier Daeninckx	*Galadio*
5281.	Valentine Goby	*Des corps en silence*
5282.	Sempé-Goscinny	*La rentrée du Petit Nicolas*
5283.	Jens Christian Grøndahl	*Silence en octobre*
5284.	Alain Jaubert	*D'Alice à Frankenstein (Lumière de l'image, 2)*
5285.	Jean Molla	*Sobibor*
5286.	Irène Némirovsky	*Le malentendu*
5287.	Chuck Palahniuk	*Pygmy* (à paraître)
5288.	J.-B. Pontalis	*En marge des nuits*
5289.	Jean-Christophe Rufin	*Katiba*
5290.	Jean-Jacques Bernard	*Petit éloge du cinéma d'aujourd'hui*
5291.	Jean-Michel Delacomptée	*Petit éloge des amoureux du silence*

5292. Mathieu Terence — *Petit éloge de la joie*
5293. Vincent Wackenheim — *Petit éloge de la première fois*
5294. Richard Bausch — *Téléphone rose* et autres nouvelles
5295. Collectif — *Ne nous fâchons pas ! Ou L'art de se disputer au théâtre*
5296. Collectif — *Fiasco ! Des écrivains en scène*
5297. Miguel de Unamuno — *Des yeux pour voir*
5298. Jules Verne — *Une fantaisie du docteur Ox*
5299. Robert Charles Wilson — *YFL-500*
5300. Nelly Alard — *Le crieur de nuit*
5301. Alan Bennett — *La mise à nu des époux Ransome*
5302. Erri De Luca — *Acide, Arc-en-ciel*
5303. Philippe Djian — *Incidences*
5304. Annie Ernaux — *L'écriture comme un couteau*
5305. Élisabeth Filhol — *La Centrale*
5306. Tristan Garcia — *Mémoires de la Jungle*
5307. Kazuo Ishiguro — *Nocturnes. Cinq nouvelles de musique au crépuscule*
5308. Camille Laurens — *Romance nerveuse*
5309. Michèle Lesbre — *Nina par hasard*
5310. Claudio Magris — *Une autre mer*
5311. Amos Oz — *Scènes de vie villageoise*
5312. Louis-Bernard Robitaille — *Ces impossibles Français*
5313. Collectif — *Dans les archives secrètes de la police*
5314. Alexandre Dumas — *Gabriel Lambert*
5315. Pierre Bergé — *Lettres à Yves*
5316. Régis Debray — *Dégagements*
5317. Hans Magnus Enzensberger — *Hammerstein ou l'intransigeance*
5318. Éric Fottorino — *Questions à mon père*
5319. Jérôme Garcin — *L'écuyer mirobolant*
5320. Pascale Gautier — *Les vieilles*
5321. Catherine Guillebaud — *Dernière caresse*
5322. Adam Haslett — *L'intrusion*

5323. Milan Kundera — *Une rencontre*
5324. Salman Rushdic — *La honte*
5325. Jean-Jacques Schuhl — *Entrée des fantômes*
5326. Antonio Tabucchi — *Nocturne indien* (à paraître)
5327. Patrick Modiano — *L'horizon*
5328. Ann Radcliffe — *Les Mystères de la forêt*
5329. Joann Sfar — *Le Petit Prince*
5330. Rabaté — *Les petits ruisseaux*
5331. Pénélope Bagieu — *Cadavre exquis*
5332. Thomas Buergenthal — *L'enfant de la chance*
5333. Kettly Mars — *Saisons sauvages*
5334. Montesquieu — *Histoire véritable et autres fictions*
5335. Chochana Boukhobza — *Le Troisième Jour*
5336. Jean-Baptiste Del Amo — *Le sel*
5337. Bernard du Boucheron — *Salaam la France*
5338. F. Scott Fitzgerald — *Gatsby le magnifique*
5339. Maylis de Kerangal — *Naissance d'un pont*
5340. Nathalie Kuperman — *Nous étions des êtres vivants*
5341. Herta Müller — *La bascule du souffle*
5342. Salman Rushdie — *Luka et le Feu de la Vie*
5343. Salman Rushdie — *Les versets sataniques*
5344. Philippe Sollers — *Discours Parfait*
5345. François Sureau — *Inigo*
5346 Antonio Tabucchi — *Une malle pleine de gens*
5347. Honoré de Balzac — *Philosophie de la vie conjugale*
5348. De Quincey — *Le bras de la vengeance*
5349. Charles Dickens — *L'Embranchement de Mugby*
5350. Epictète — *De l'attitude à prendre envers les tyrans*
5351. Marcus Malte — *Mon frère est parti ce matin...*
5352. Vladimir Nabokov — *Natacha et autres nouvelles*
5353. Conan Doyle — *Un scandale en Bohême* suivi de *Silver Blaze. Deux aventures de Sherlock Holmes*
5354. Jean Rouaud — *Préhistoires*
5355. Mario Soldati — *Le père des orphelins*
5356. Oscar Wilde — *Maximes et autres textes*

5357. Hoffmann — *Contes nocturnes*
5358. Vassilis Alexakis — *Le premier mot*
5359. Ingrid Betancourt — *Même le silence a une fin*
5360. Robert Bobert — *On ne peut plus dormir tranquille quand on a une fois ouvert les yeux*
5361. Driss Chraïbi — *L'âne*
5362. Erri De Luca — *Le jour avant le bonheur*
5363. Erri De Luca — *Première heure*
5364. Philippe Forest — *Le siècle des nuages*
5365. Éric Fottorino — *Cœur d'Afrique*
5366. Kenzaburô Ôé — *Notes de Hiroshima*
5367. Per Petterson — *Maudit soit le fleuve du temps*
5368. Junichirô Tanizaki — *Histoire secrète du sire de Musashi*
5369. André Gide — *Journal. Une anthologie (1899-1949)*
5370. Collectif — *Journaux intimes. De Madame de Staël à Pierre Loti*
5371. Charlotte Brontë — *Jane Eyre*
5372. Héctor Abad — *L'oubli que nous serons*
5373. Didier Daeninckx — *Rue des Degrés*
5374. Hélène Grémillon — *Le confident*
5375. Erik Fosnes Hansen — *Cantique pour la fin du voyage*
5376. Fabienne Jacob — *Corps*
5377. Patrick Lapeyre — *La vie est brève et le désir sans fin*
5378. Alain Mabanckou — *Demain j'aurai vingt ans*
5379. Margueritte Duras, François Mitterrand — *Le bureau de poste de la rue Dupin* et autres entretiens
5380. Kate O'Riordan — *Un autre amour*
5381. Jonathan Coe — *La vie très privée de Mr Sim*
5382. Scholastique Mukasonga — *La femme aux pieds nus*
5383. Voltaire — *Candide ou l'Optimisme. Illustré par Quentin Blake*
5384. Benoît Duteurtre — *Le retour du Général*

5385. Virginia Woolf	*Les Vagues*
5386. Nik Cohn	*Rituels tribaux du samedi soir et autres histoires américaines*
5387. Marc Dugain	*L'insomnie des étoiles*
5388. Jack Kerouac	*Sur la route. Le rouleau original*
5389. Jack Kerouac	*Visions de Gérard*
5390. Antonia Kerr	*Des fleurs pour Zoë*
5391. Nicolaï Lilin	*Urkas! Itinéraire d'un parfait bandit sibérien*
5392. Joyce Carol Oates	*Zarbie les Yeux Verts*
5393. Raymond Queneau	*Exercices de style*
5394. Michel Quint	*Avec des mains cruelles*
5395. Philip Roth	*Indignation*
5396. Sempé-Goscinny	*Les surprises du Petit Nicolas. Histoires inédites-5*
5397. Michel Tournier	*Voyages et paysages*
5398. Dominique Zehrfuss	*Peau de caniche*
5399. Laurence Sterne	*La Vie et les Opinions de Tristram Shandy, Gentleman*
5400. André Malraux	*Écrits farfelus*
5401. Jacques Abeille	*Les jardins statuaires*
5402. Antoine Bello	*Enquête sur la disparition d'Émilie Brunet*
5403. Philippe Delerm	*Le trottoir au soleil*
5404. Olivier Marchal	*Rousseau, la comédie des masques*
5405. Paul Morand	*Londres* suivi de *Le nouveau Londres*
5406. Katherine Mosby	*Sanctuaires ardents*
5407. Marie Nimier	*Photo-Photo*
5408. Arto Paasilinna	*Le potager des malfaiteurs ayant échappé à la pendaison*
5409. Jean-Marie Rouart	*La guerre amoureuse*
5410. Paolo Rumiz	*Aux frontières de l'Europe*
5411. Colin Thubron	*En Sibérie*
5412. Alexis de Tocqueville	*Quinze jours dans le désert*

5413. Thomas More — *L'Utopie*
5414. Madame de Sévigné — *Lettres de l'année 1671*
5415. Franz Bartelt — *Une sainte fille et autres nouvelles*
5416. Mikhaïl Boulgakov — *Morphine*
5417. Guillermo Cabrera Infante — *Coupable d'avoir dansé le cha-cha-cha*
5418. Collectif — *Jouons avec les mots. Jeux littéraires*
5419. Guy de Maupassant — *Contes au fil de l'eau*
5420. Thomas Hardy — *Les Intrus de la Maison Haute* précédé d'un autre conte du Wessex
5421. Mohamed Kacimi — *La confession d'Abraham*
5422. Orhan Pamuk — *Mon père et autres textes*
5423. Jonathan Swift — *Modeste proposition et autres textes*
5424. Sylvain Tesson — *L'éternel retour*
5425. David Foenkinos — *Nos séparations*
5426. François Cavanna — *Lune de miel*
5427. Philippe Djian — *Lorsque Lou*
5428. Hans Fallada — *Le buveur*
5429. William Faulkner — *La ville*
5430. Alain Finkielkraut (sous la direction de) — *L'interminable écriture de l'Extermination*
5431. William Golding — *Sa majesté des mouches*
5432. Jean Hatzfeld — *Où en est la nuit*
5433. Gavino Ledda — *Padre Padrone. L'éducation d'un berger Sarde*
5434. Andrea Levy — *Une si longue histoire*
5435. Marco Mancassola — *La vie sexuelle des super-héros*
5436. Saskia Noort — *D'excellents voisins*
5437. Olivia Rosenthal — *Que font les rennes après Noël ?*
5438. Patti Smith — *Just Kids*

Composition Floch
Impression Maury-Imprimeur
45330 Malesherbes
le 3 mai 2013.
Dépôt légal : mai 2013.
Numéro d'imprimeur : 181827.

ISBN 978-2-07-045152-2. / Imprimé en France.

249347